현자의 손자
3
사상 최강의 마법사 집단

마법 연구회 멤버들을
깜짝 놀라게 할 도구를 개발한 신.
모두를 경악하게 한 아이템의 정체는……?!
"와!
목소리가 들렸어요!"
메이 폰
알스하이드

앨리스 코너
“메이 공주님.
지금 어디 계세요?”

"우오오오오오오오!"
"얼티밋 매지션즈!"
『궁극 마법 연구회』에서 개명한
『얼티밋 매지션즈』가
스이드 왕국으로 출진!!

"……우리『얼티밋
반드시 마인을 토벌
시실리 폰 클로드

신 월포드
"우리가 즉시 스이드 왕국으로 가서 마인들을 토벌하고 오겠다. 안심하도록!"
매지션즈』가 하겠습니다."
아우구스트 폰 알스하이드

사상 최강의 마법사 집단
현자의 손자 3

요시오카 츠요시 지음
키쿠치 세이지 일러스트
최승원 옮김

현자의 손자 3

Contents

서장

알스하이드 왕국에 나타난 이성을 지닌 마인(魔人) 올리버 슈투름.

고등 마법학원의 학생을 실험대로 삼아 마인을 증식시키려 한 그의 목적은 다름 아닌 제국이었다.

제국의 주변국들은 슈투름의 진정한 목적을 알고 경악했으나, 자신들의 국가가 표적이 아니라는 사실에 우선 안심했다.

하지만 상대는 인류 사상 최초로 이성을 지닌 마인.

언제 자신들에게 불똥이 튈지 알 수 없었기에 각국은 마인의 침공을 대비해서 전력을 증강하기 시작했다.

과거에 인류를 위기에 빠트린 마인을 토벌한 영웅 멀린 월포드.

그의 손자이자 실제로 알스하이드 왕국에 나타난 마인을 둘이나 격파한 새로운 영웅.

신 월포드.

알스하이드 국왕 디세움 폰 알스하이드와 일왕자 아우구스트 등의 유력자들이 세계 최강이라고 인정한 마법사.

마인의 대량 발생이라는 이상 사태가 발생했는데도 인류가 희망을 잃지 않은 건 그의 존재가 공표된 덕분이었다.

그 당사자인 신은 현재 고등 마법학원에서 자신이 만든 연구회인 『궁극 마법 연구회』의 강화 합숙을 위해 클로드 영지에 가 있었다.

그리고 마인을 완벽하게 제압하기 위해 혹독하고 고된 훈련을 하나 싶었지만…….

처음 생긴 여자친구의 존재로 한껏 들떠 있었다.

제1장

최강의 팀 탄생. 그 이름은……

연구회 멤버들의 레벨 업을 위해 시작한 강화 합숙.

합숙지로 방문한 시실리의 본가인 클로드 영지.

그곳에서…….

나는 시실리와 그토록 염원하던 연인 사이가 되었다.

사귀기 시작한 날 밤에는 가벼운 해프닝이 벌어진 탓에 할머니한테 실컷 잔소리를 듣고 말았다.

다음 날 훈련이 있는데도 할머니의 설교는 늦은 밤까지 계속됐다.

그래서 지금 난 잠이 약간 부족한 상태였다.

졸려…….

"흐아암……."

"아, 안녕히 주무셨어요. 신 군."

"아…… 으, 응. 시실리."

하품을 하면서 식당으로 들어가자 시실리가 살짝 수줍게 웃으면서 인사했다.

아침부터 귀여운 걸 봤다. 덕분에 바로 잠이 깼다.

얼굴을 살짝 붉히면서 나에게 미소를 지어주는 시실리를

보고 새삼스럽게 이런 생각을 했다.

나, 이런 귀여운 애랑 사귀는 거구나…….

기쁘기도 하고 쑥스럽기도 한 기분이 들어서 나도 모르게 아침부터 시실리를 지그시 바라보았다.

"야, 언제까지 쳐다보고 있을 작정이야. 식기 전에 어서 아침이나 먹어."

결국 알스하이드 왕국의 일왕자인 오그가 태클을 걸기 전까지 계속 시실리와 서로의 눈을 응시하고 말았다.

이런, 이럼 안 되지. 여기에는 마법 기술을 향상시키기 위해 온 거다. 연애 문제로 들떠 있을 상황이 아니었다.

"응, 가자. 시실리."

"예, 신 군."

어제 일을 놀리는 친구들 사이에서 아침을 먹었다.

부끄러웠지만, 다들 축복해주고 있다는 걸 알았기에 화목한 분위기였다.

식사 중에 세실 씨와 아일린 씨에게 보고하러 갈 거냐는 말이 나와서, 식사를 마치고 바로 찾아뵙기로 했다.

그런 고로 식사 후 나는 왕도에 있는 클로드 저택의 그 빈방에 게이트를 열고 시실리와 함께 들어갔다.

빈방 안쪽에서 노크를 하자 클로드 가문의 고용인이 문을 열어주었다.

"어라? 월포드 씨? 시실리 아가씨까지. 무슨 일이라도 있으셨나요?"

"아니, 그게……."

"아버지와 어머니께 드릴 말씀이 있어. 아버지, 아직 집에 계셔?"

"예. 이제 곧 출근하실 예정입니다만."

"그래, 고마워."

시실리는 그렇게 말하더니 바로 방을 나와 거실로 걸어갔다.

그리고 나는 전부터 아는 사람이라고는 해도 그들의 소중한 딸과 사귀게 됐다는 보고를 해야 하는 처지였다. 여간 긴장되는 게 아니었다.

이럴 때는 여자가 더 용감하다고 할지…… 왠지 당당하네.

그야 상대는 친부모니까 당연하다면 당연하겠지만.

"신 군, 괜찮아요?"

"아, 응. 왠지 좀 긴장이 돼서……."

내가 긴장하고 있는 걸 눈치챘는지 시실리는 그렇게 말하며 옆으로 다가와 손을 잡아 주었다.

그녀도 부끄러운 걸 참는지 귀까지 새빨갛게 물들어 있었다.

"괜찮아요. 저희 부모님도 신 군을 굉장히 좋아하시는걸요. 분명 기뻐해 주실 거예요."

"그럼 다행이겠지만……."

친구와 연인은 하늘과 땅만큼 차이가 있으니 말이지……. 시실리는 막내라 더 귀여움을 받는 것 같기도 하고.

여전히 불안했지만, 시실리가 격려해준 덕분에 약간 마음의 여유가 생겼다. ……그렇게 생각하고 싶었다.

여기서 우물쭈물 대봤자 어쩌겠어. 세실 씨에게 흠씬 얻어맞을 걸 각오하고 가보자!

다시 결의를 가슴에 새기면서 거실 앞에 도착했다. 시실리는 내 손을 놓고 문을 열었다.

여, 역시 조금만 더 시간을…….

시실리는 여기까지 와서 망설이는 날 아랑곳하지도 않고 거실에 들어갔다.

나도 황급히 그녀의 뒤를 따라 방으로 들어갔다.

"다녀왔습니다. 아버지, 어머니."

"아, 안녕하세요! 세실 씨. 아일린 씨."

긴장하느라 목소리가 뒤집어지고 말았다…….

"음? 둘 다, 어서 오너라. 그런데 합숙은 어쩌고?"

"어머, 어서 오렴. 시실리, 신 군. 무슨 일 있었니?"

두 사람은 의아한 얼굴로 우리를 돌아보았다.

에잇! 이렇게 된 이상 어쩔 수 없지! 얻어맞을 각오는 끝났잖아? 가자!

"시, 실은 두 분께 드릴 말씀이 있어서요."

"응?"

"어머, 무슨 일일까?"

세실 씨는 아직도 영문을 모르겠다는 얼굴이었고 아일린

씨는 뭔가 눈치챈 듯한 표정이었다.

나는 심호흡을 한 후 입을 열었다.

"보, 보고가 늦어져서 죄송합니다. 어제부터 시실리 양과 사귀게 돼서, 오늘은 두 분께 허락을 받으러 온 거예요."

그 말을 들은 순간 세실 씨는 그대로 굳어 버렸고, 아일린 씨는 예상하고 있었는지 살짝 미소를 지었다.

세실 씨가 굳어 버리는 바람에 아무도 먼저 말을 꺼낼 수가 없었다. 시곗바늘이 째깍째깍 움직이는 소리만 들릴 정도로 주위가 조용해졌다.

"신 군……."

마침내 정신을 차린 세실 씨가 내 이름을 부르며 의자에서 일어났다.

"아, 예……."

다가오는 세실 씨를 보고 이거 한 대 맞겠구나 싶어서 각오한 순간—.

"신 군!"

덥석 끌어안겼다.

"고맙네! 신 군! 우리 시실리를 선택해줘서 정말로 고마워!"

얻어맞기는커녕 격렬한 포옹과 함께 고맙다는 말까지 듣고 말았다.

"어? 어?"

나는 예상조차 못 한 상황에 사고가 따라가질 못해서 눈만 깜빡거렸다.

"어머, 이이도 참. 그보다 축하한다. 시실리. 드디어 염원이 이루어졌네?"

"고, 고마워요. 어머니……. 그리고 그런 걸 신 군 앞에서 폭로하지 마시라구요!"

아일린 씨도 우리를 축복해주었다. 고용인들도 뜨겁게 박수를 보냈다. 다들 축복해주는 것 같아서 무척 기뻤다. 세실 씨는 여전히 날 안고 놓지 않았지만.

"아아, 오늘은 정말 멋진 날이군! 아침부터 이런 멋진 소식을 듣다니!"

세실 씨는 감격한 얼굴로 겨우 날 놓아주었다.

내가 안심한 것도 잠시—.

"이거 어쩔 수 없군! 일하러 갈 때가 아니지!"

세실 씨가 바로 이런 말을 꺼냈다.

"여보……?"

얼굴은 웃고 있었지만, 아일린 씨의 목소리가 무서웠다.

"아, 아니…… 이런 경사스러운 날에는 축하 준비를 해야……."

"그건 이쪽에서 알아서 할 테니 당신은 얼른 일하러 가세요."

"아니…… 그래도……."

"얼른!"

"옙!"

아일린 씨가 무지막지하게 무서웠다.

그리고 그런 아일린 씨의 시선이 바로 이쪽으로 향했다.

"신 군?"

"아, 예!"

나도 모르게 등을 꼿꼿이 세우고 말았다.

그러자 아일린 씨는 무서운 분위기를 단숨에 가라앉히고 입을 열었다.

"어머, 미안해요. 우리 그이가 얼토당토않은 소리를 하니까 저도 모르게 그만."

"아, 아뇨! 괜찮습다!"

"그래요? 그보다 신 군에게 꼭 들어둬야 할 말이 있는데, 잠시 괜찮을까요?"

"예, 뭔가요?"

아일린 씨는 진지한 표정으로 말했다.

"본가는 자작의 작위를 가진 귀족 가문이랍니다. 아무리 삼녀라곤 해도 시실리와 사귄다는 건 그 후의 미래도 시야에 넣어둬야만 해요."

"그 후의 미래……."

"즉, 결혼이죠."

"겨! 겨겨겨겨결혼!"

시실리가 크게 당황했지만 나로선 어느 정도 예상했던 범주의 이야기였다.

"지금 당장 하라는 건 아니에요. 하지만 시실리는 귀족 가문의 여식. 약혼도 하지 않고 이성과 사귀게 할 수는 없답니다."

이 나라는 왕족과 귀족을 포함해서 모두 일부일처제다.

따라서 가문의 피가 끊이지 않게 하기 위해서라도 일족에 속하는 자는 될 수 있는 한 많은 자손을 남길 필요가 있었다.

이 나라의 귀족은 의외로 자유롭게 연애하는 풍습이 정착되어 있어서 부모가 결혼 상대를 정하는 경우는 좀처럼 보기 드문 편이지만, 그렇다고 해서 평민처럼 쉽게 사귀고 쉽게 헤어지는 건 불가능했다.

그러니 귀족의 여식과 사귄다는 건 결혼을 전제로 한 교제가 일반적이라고 한다.

어젯밤 오그에게 그런 말을 들었기에 나름대로 각오는 하고 있었다.

오그도 가끔은 도움이 되긴 하네.

"……아무래도 각오가 된 모양이군?"

"예."

"신 군……."

"그 일도 포함해서 이렇게 직접 찾아뵌 겁니다. 전 평민이니까…… 어쩌면 허락을 받지 못하는 게 아닐까 싶어서……."

내가 긴장한 건 여자친구의 부모님께 보고하기 때문만은 아니었다.

시실리가 귀족이라는 것이 마음에 걸렸기 때문이다.

아무리 자유연애가 허락됐다고는 해도 역시 귀족끼리 사귀는 경우가 많을 테니까.

상대가 평민이면 가족이 나서서 반대하는 경우도 많다고 들었다.

전생의 일본에서도 집안부터 따지고 드는 인간이 제법 흔했으니 귀족제가 존재하는 이 세상에서는 더 심하면 심했지 나은 편은 아니리라.

그런 내 고민을 밝히자…… 어째선지 아일린 씨와 세실 씨와 고용인들이 웃음을 터트리기 시작했다.

"신 군, 지금 진심으로 하는 말인가?"

"예?"

"아무래도 진심이었나 봐요. 여보."

"그렇군. 자기 일이라 실감이 잘 안 드는 건가? 잘 듣게, 신 군. 자네의 조부모님은 이 나라의 전설적인 영웅들일세."

"그렇다더라구요."

"온 나라…… 아니, 전 세계의 사람이 존경하는 인물의 손자이자, 본인도 그 영웅들이 직접 자신들을 뛰어넘었다고 평가한 데다 이미 훈장까지 받을 정도로 활약한 새로운 영웅이 아닌가."

"예에……."

새삼스럽지만 왠지 부끄러웠다.

"폐하께서 서훈식에서 경고하지 않으셨다면, 지금쯤 귀족은 물론이고 각국의 왕족들에게서 혼담이 몰려왔을지도 모르는 인물이라고. 자네는."

"흐음……."

왕족이라니 진짜로?! 엄청 귀찮아질 뻔했구나……. 디스 아저씨한테 고마워해야겠네.

"……이해가 잘 안 가는 모양인데…… 원래대로라면 자네는 우리가 고개를 숙여가며 우리 딸과 결혼해달라고 사정해야 할 정도의 인물일세. 그런 자네가 우리 딸과 사귀게 됐다는데…… 반대할 이유가 대체 어디 있겠는가."

다른 사람들도 일제히 고개를 끄덕였다.

"그뿐만 아니라 신 군은 시실리말고도 우리의 안전까지 걱정해준 마음 착한 청년이지 않나. 나는 시실리의 상대가 자네가 됐으면 하고 내심 기대하고 있었다네."

"맞아요. 자주 둘이서 그런 이야기를 나눴답니다."

아, 그랬구나. 두 분의 기대에 보답하는 결과가 돼서 다행이네.

"그러니 우리는 자네들의 앞날을 축복하겠네."

"그렇게 정해졌으면 얼른 축하 준비를 시작해야겠네요!"

"아, 그것 때문에 이런 아침부터 찾아뵌 거였는데요."

"응?"

"실은 클로드에 있는 저택에서 벌써 축하 준비를 시작했거든요. 오늘 훈련이 끝난 후에 축하 파티를 연다더라고요. 그래서 세실 씨가 출근하시기 전에 먼저 보고를 드리려고……."

"그랬군. 신경 쓰게 해서 미안하네."

"아뇨, 별말씀을. 그러니까 업무 시간이 끝나면 마중하러 갈 테니 아무쪼록 다른 약속은 잡지 말아주세요."

"물론이지! 설령 폐하의 어명이 있더라도 거절하고 잽싸게 달려오겠네!"

"여보…… 그건 거절하면 안 되죠."

"응? 하지만……."

"여, 보?"

"……예."

세실 씨는 풀이 죽었다.

"괜찮아요. 그때는 디스 아저씨도 같이 가면 되니까요."

"그, 그래?!"

"디스 아저씨라니……."

"신 군은 폐하와 친척 아저씨와 조카 같은 관계거든요. 저도 신 군의 집에서 처음 봤을 땐 깜짝 놀랐어요. 그런 폐하는 처음 봤으니까요."

"아우구스트 전하와도 격의 없는 친구 관계면서…… 대체 뭘 걱정한 거니?"

"아뇨, 아무래도 그거랑 이건 별개의 문제랄까……."

"뭐, 아무렴 어때. 그보다 신 군, 이쪽에 있는 우리 고용인들도 영지의 저택으로 보내줄 수 있을까?"

"예, 문제없어요."

"그리고 여보. 출근은요?"

…….

"아앗!"

세실 씨는 시계를 보자마자 비명을 질렀다.

"크, 큰일이군! 이러다 지각하겠어!"

"세실 씨의 직장은 왕성이죠?"

"아, 응. 그렇네만……."

"그럼 제가 모셔다드릴게요."

"정말로? 고맙네!"

나는 평소처럼 경비병 대기실에 게이트를 열고 안에 방울을 던졌다. 예정에 없는 방문이지만 이러면 문제없겠지.

그리고 둘이서 게이트를 건너갔다.

"……이 마법은 정말로 편리하군……."

"어라? 월포드 군? 이런 시간에 무슨 일이야?"

요 며칠간 매일 드나드느라 친해진 경비병이 말을 걸었다.

"아, 안녕하세요. 그게 여, 여자친구의 아버님을 좀 모셔다 드리려고요."

"여자친구의 아버님?"

"음, 좋은 아침일세."

"크, 클로드 님! 안녕하십니까!"

"미안하군. 조금 늦어질 것 같아서 신 군에게 부탁한 걸세."

"그러셨습니까. 그런데…… 여자친구의 아버님이라는 건……."

"아~ 하하! 글쎄 우리 딸과 신 군이 사귄다지 뭔가."

"오오! 축하드립니다!"

"고맙네. 그럼 신 군, 저녁에 보세."

"아, 저녁 식사 시간 전에 정기 보고를 하러 올 거니까 그때쯤 여기로 나와 주시면 안 될까요?"

"알겠네. 그럼 다녀오지."

"다녀오세요."

세실 씨를 배웅하고 돌아가려고 한 순간, 경비병이 혼잣말을 흘렸다.

"이거…… 엄청 자랑하고 다니시겠구만……."

동네방네 소문을 내고 다녀도 괜찮은 걸까? 그러다 또 아일린 씨한테 혼이 나는 건…….

그런 걱정을 하면서 클로드 저택으로 돌아오자 아일린 씨와 고용인들은 이미 영지로 갈 채비를 마친 후였다.

"그럼, 신 군. 부탁해요."

"예."

이번에는 클로드 영지에 있는 저택으로 게이트를 연결했다.

그러자 아일린 씨와 고용인들이 흠칫거리며 게이트를 통과했다.

"정말로 클로드 영지의 저택이네요……."

"마님?!"

영지 쪽의 고용인들이 화들짝 놀랐다.

아일린 씨는 저녁쯤에 올 줄 알았나 보다.

"오랜만이네. 오늘은 신 군과 시실리를 축하한다고 해서 왕도의 고용인들도 데려왔어."

"감사합니다!"

"이건 내 짐작이지만…… 우리 그이는 왕성에서 실컷 자랑하고 다니겠지. 만약 폐하의 귀에 들어간다면 폐하께서도 오실지 몰라. 그걸 염두에 두고 준비해줘."

"폐, 폐하께서요?!"

"신 군과는 꽤 친밀한 관계이신 것 같거든. 아마 오시겠지."

"아, 알겠습니다. 기합을 넣고 준비하죠!"

"부탁할게."

""예!""

굉장하다. 세실 씨의 행동을 완벽히 파악하고 있잖아.

……세실 씨, 정말로 괜찮을까?

"왔나, 신."

목소리가 들린 쪽으로 고개를 돌리자 오그를 비롯한 일행이 전부 모여 있었다.

"아, 미안. 조금만 기다려줘. 금방 준비하고 올게. 가자, 시실리."

"예."

훈련 준비를 마치고 다시 나와서 이번에는 황야에 게이트를 연결했다.

오늘은 게이트가 엄청 활약하는 날이네.

마법 연습장인 황야에는 훈련을 방해하지 않겠다는 다짐을 받은 오그의 약혼자인 에리와 여동생인 메이도 견학을 위해 따라왔다.

오전에는 어제와 마찬가지로 할아버지에게 마력 제어 훈련을 받았는데, 이때 의외의 사실이 판명되었다.

메이에게 마법사의 자질이 있었던 것이다.

에리는 예전부터 소질이 없다는 걸 알고 있었기에 얌전히 견학만 했지만, 메이가 연구회 멤버들이 훈련하는 걸 보고 마력 제어를 흉내 내자 마력이 모이기 시작했다.

"와, 와, 굉장해요!"

"오, 이거 참 대단하군. 메이에게도 마법사의 자질이 있었던 모양이구나."

"메이, 너. 방해하지 말라고 그렇게 말했는데……."

"뭐, 아무렴 어떠니. 메이는 내가 봐줄 테니 너희는 멀린의 훈련을 받고 있으렴."

결국, 할아버지가 가르치는 동안에는 한가한 할머니가 메이를 돌봐 주게 되었다.

"지금부터 이 훈련을 시작한다면…… 굉장한 마법사가 될지도."

고등 마법학원에 들어와서 처음으로 마력 제어 훈련을 중점적으로 시작한 마리아가 열 살부터 이 훈련을 시작하려 하는 메이를 보더니 그렇게 중얼거렸다.

"나도 질 순 없지. 열심히 해야겠어."

"린 양! 너무 많이 모았네! 폭주하겠어!"

"어라? 실패했네."

고등 마법학교에 들어와서 이 훈련을 시작한 멤버들은 열 살부터 마력 제어 훈련을 시작하는 메이에게 추월당할지도 모른다는 위기감을 느끼고 한층 더 훈련에 힘을 쏟게 되었다.

메이에게 마법사의 자질이 있었다는 건 예상외였지만 모두에게는 좋은 자극이 된 것 같았다.

평소보다 집중해서 마력 제어 훈련을 받자 눈 깜짝할 사이에 오후가 됐다.

"하아~. 왠지 엄청 집중이 잘 된 거 같아!"

"응. 왠지 경쟁심을 엄청 자극받았어."

앨리스와 린은 메이를 라이벌로 인정한 모양이었다.

하지만 할머니는 그런 두 사람에게 무정한 한 마디를 날렸다.

"아하하! 너희는 장래에 마법뿐만 아니라 다른 부분에서도 메이에게 추월당하지 않도록 노력해야겠는걸."

"""으윽!"""

"하, 하와와!"

야…… 열 살배기 어린애를 진심으로 노려보지 마.

메이가 놀라서 내 등 뒤로 숨었잖아.

"음. 친오빠인 내가 아니라 왜 신의 뒤에 숨는 거지?"

"어?"

"아무래도 벌이 필요하겠군."

"하와와! 신 오빠, 저 좀 도와주세요!"

오그가 벌을 주겠다는 말을 꺼내자 메이는 가엾게도 눈물을 글썽거렸다.

"하나 같이 진짜……."

열 살짜리 어린애를 괴롭히는 모습을 보니 한심스러워졌다.

"농담이다."

"정말이지……?"

친남매니까 농담처럼 안 들렸다고!

어쨌든 메이에게 손을 대지 말라고 다짐을 받은 후 점심을 먹기 위해 게이트를 열고 클로드 영지의 저택으로 이동했다.

점심을 먹고 오후부터는 실전 훈련에 들어갔다.

오전 훈련에서 위기감을 느낀 멤버들은 전력을 다해 마법을 난사했다.

처음으로 우리의 마법을 본 에리와 메이는 놀라서 어안이 벙벙한 얼굴이었다.

"……믿을 수가 없네요. 대체 뭐죠? 이 마법들은……."

"하와와! 여러분, 굉장해요!"

위기감의 원인이 된 메이의 찬사에 자존심을 회복했는지 다들 신이 나서 훈련에 열중했다.

그러니까 열 살짜리한테 경쟁심을 드러내지 말래도…….

평소보다 기합이 들어간 실전 훈련이 끝난 후에는 내 마법 실험 시간이었다.

이미 다들 언제든지 마력 장벽을 펼칠 준비를 하고 있었다.

"에리, 메이. 내 뒤에 숨어 있어. 절대로 장벽에서 벗어나지 마!"

"어머? 아우구스트 님. 그렇게까지 경계하실 필요는 없지 않나요?"

"맞아요. 신 오빠가 있잖아요."

"뭘 모르는군. 너희들, 거기 바닥을 자세히 봐."

"거기라니……."

"어라? 여기부터 앞쪽만 바닥이 평평하네요."

아, 거기는…….

"어제 신이 새로운 마법을 날린 흔적이다."

"예?"

"아하하, 오라버니. 평평한 부분이 엄청 넓거든요? 그런 마법이…… 있을 리가……."

오그의 농담이라고 생각한 건지 메이가 웃어넘겼지만, 아무도 웃지 않는 걸 보고 말꼬리를 흐렸다.

"어? 설마, 정말이에요?"

"그 설마다."

"하와와! 오라버니! 제 방패가 돼주세요!"

"야, 메이! 뒤에 있으라고 했지 누가 방패로 삼으랬냐! 밀지 마!"

"아우구스트 님! 전력으로! 전력으로 막아주세요!"

"에리까지?!"

젠장, 왕족 트리오가 시끄럽네.

"저기…… 이번에는 그렇게 위험한 거 아니거든?"

"……정말이냐?"

"공격 마법도 아니야."

"그래. 그럼 괜찮겠군."

어라? 공격 마법이 아니라는 말을 꺼내자마자 다들 긴장을 풀었다.

"후우~ 이번에는 어떤 위험한 일이 벌어지나 싶어서 조마조마했지 뭐야!"

"동감이에요. 이 합숙에서는 이 시간이 가장 긴장돼요."

앨리스와 올리비아가 안도의 한숨을 내쉬며 그렇게 말했다.

……진짜 내가 뭘 어쨌다고…….

"하와~ 세상에 태어나서 가장 긴장한 순간이었던 거 같아요!"

"맞아요. 설마 이런 곳에서 생명의 위기를 느낄 줄은 상상도 못 했어요."

새로 참가한 두 사람까지…….

나는 일행의 반응에 의기소침해 하면서 마법을 쓸 준비를 시작했다.

이번에 시도하는 마법은 처음부터 마지막까지 내 지식 속에 있는 물리법칙을 완전히 무시한 마법이었다.

힌트가 된 건 슈투름이 쓴 마법이었다.

먼저 발밑에 있는 돌멩이를 들고 마법을 걸어봤다.

이번에 시도하는 마법은『부유 마법』이었다.

아마 슈투름은 물리법칙과 관계없이 이미지의 힘만으로 부유 마법을 성공시켰으리라.

지금까지 부유 마법이 쓰이지 않은 건 그저 단순히 발동하기 위한 마력이 부족했기 때문이 아닐까.

마인이 돼서 마력을 펑펑 써댈 수 있게 된 덕분에 비로소 부유의 이미지를 현실에 반영할 수 있게 된 것이리라.

그렇다면 지금 내가 쓸 수 있는 마력양이라면 부유 마법도 어떻게 이미지하느냐에 따라 실현할 수 있지 않을까 하는 생각이 들었다.

일단 마력을 모았다. 지금까지 마법을 쓸 때보다 더 많이.

"이거 참…… 정말로 괜찮은 건가?"

"모여드는 마력의 양이 심상치 않네요. ……대체 뭘 하려는 걸까요?"

"저, 정말로 위험하진 않은 거겠죠?!"

괜찮다니까 그러네. 이게 무슨 공격 마법도 아니고…….

"아와와와와……."

"메이 공주님은 마력 제어를 터득한 지 얼마 안 됐으니 신군의 마력은 느끼지 않는 편이 나으실 거예요. 초심자에게는…… 자극이 좀 심할 테니까요."

우웅~! 시실리까지!

나는 메이에게 마력 감지를 차단하라는 시실리의 조언에 풀이 죽으면서도 착실히 새로운 마법의 준비를 진행했다.

이제부터 필요한 건 이미지인데 마침 머릿속에 번뜩인 것이 『반중력(反重力)』이었다.

원리는 잘 모르겠지만 아무튼 중력과 반대로 작용하는 힘을 이미지해 봤다.

그 이미지를 돌멩이에 담은 결과는—.

"해, 해냈어! 성공이야."

부유 마법에 걸린 돌멩이가 공중에 떠올랐다.

지금은 중력과 비슷한 수준의 힘을 이미지한 상태였지만 중력보다 강한 힘을 이미지하자 더 위로 상승했다.

옆으로 움직이는 건 바람의 마법으로 해볼까. 이번에는 나에게 걸어보자.

이 실험으로 필요한 마력양은 파악했으니 준비는 순조롭게 진행되었다.

"잠깐…… 저게 뭐야……."

"신 군이…… 하늘에 떠 있어요……."

"어? 저건…… 슈투름이 썼던 그거 아냐?"

"그때 신 님이 하신 말씀을 듣고 부유 마법은 못 쓰시는 걸로 알고 있었소이다만……."

"벌써 개발한 건가……."

"여전히 비상식적이시구려."

아래쪽에서 다들 뭔가 쑥덕거리고 있었지만, 목소리가 닿지 않는 높이라 내용까지는 안 들렸다.

어차피 또 심한 소리를 하는 거겠지.

나는 그런 일행을 내려다보면서 움직이기 위해 바람의 마법을 써 보았다.

그러자 반중력으로 하늘에 떠 있는 상태에서 바람의 마법으로 종횡무진 자유롭게 날아다닐 수 있었다.

즐거워!

그리고 이 마법은 하늘을 날아다니는 슈투름에 대한 대항 수단도 될 수 있을 것이다.

참으로 유익한 실험이었다. 나는 그렇게 생각하면서 일행 근처에 착지했다.

"신, 너…… 또 터무니없는 마법을 만들어냈군."

"그런가? 뭐, 슈투름도 썼잖아. 그 녀석에게 대항하려고 고안한 건데."

"신 군……. 굉장해……."

"굉장해요! 신 오빠, 진짜 굉장해요!"

"정말로…… 여긴 터무니없는 곳이네요……."

조금 전에 아무렇지 않게 심한 말을 했던 시실리도 눈물을 글썽거리면서 날 칭찬했다.

메이도 천진난만하게 기뻐했다.

너희도 이 순수함을 좀 보고 배우라고!

"너희 같은 바보 커플이랑 같은 취급하지 마시지."

"바보 커플은 또 뭐야!"

마리아의 실례되는 발언에 반박하자 주위에서도 똑같은 말이 튀어나왔다.

"바보 커플이네요."

"당사자는 잘 모르는 법이니까."

"확실히 그럴지도~."

토르와 오그와 토니, 너희들마저…….

진짜 그런 건가?

"커플……."

바보 커플의 커플이라는 단어에 민감하게 반응한 시실리가 새빨갛게 익은 얼굴로 몸을 배배 꼬고 있었다.

한편, 메이는 의아한 얼굴로 우리를 쳐다보고 있었다.

"왜 여러분은 그런 표정이세요?"

"메이는 이 마법이 어떤 물건인지 이해하지 못한 거야?"

"저도 알아요! 굉장해요! 하늘을 자유롭게 날아다닐 수 있어요!"

"틀린 말은 아닌데……."

"신 오빠, 저도 하늘을 날고 싶어요!"

"아, 안 돼요! 메이 공주님!"

"왜요?"

"그야 지금 하늘을 날면……."

"날면?"

"팬티가 훤히 보일 거라구요!"

……그러고 보니 여자들은 다들 치마를 입고 있었다.

다행이다! 아까 시실리와 메이에게 같이 날자고 하지 않아서!

"아윽! 깜빡했어요!"

머리를 감싸 쥔 메이를 보고 안심했다.

부유 마법으로 하늘을 나는 건 내일 하기로 했다.

"내일은 바지를 입고 올 거예요!"

내일도 황야에서의 훈련에 참가할 의욕이 넘쳤다.

"그건 상관없는데 모처럼 온천가에 왔는데 거리를 구경하러 다니지 않아도 괜찮아?"

"음~, 온천보다 여러분과 함께 있는 게 즐거우니까 괜찮아요!"

뭐, 아직 어린애라 그런 걸까. 그녀는 우리와 함께 있는 시간이 더 즐거운 모양이었다.

"오늘 보고 알았겠지만, 우리는 진지하게 훈련을 받고 있어. 정말로 방해하면 안 돼."

"알겠어요! 저도 멜리다 님에게 마법을 배울 거니까 문제없어요!"

"멜리다 님께 폐가 되잖아."

"아, 난 신경 쓰지 말려무나. 어차피 멀린이 강의할 때는 한가하니 그 시간에 봐주면 되니까."

"죄송합니다, 멜리다 님."

"신은 그다지 손이 많이 가지 않은 애였으니까 말이지. 그리고 여자애이기도 하니 오히려 나도 즐겁단다."

"확실히 신은 얌전한 아이였지."

할머니와 할아버지는 그리운 얼굴로 내가 어릴 때의 일을 이야기했다.

"신 군은 어릴 때 어떤 애였나요?"

그 이야기가 신경 쓰였는지 시실리가 내 어린 시절을 물어보았다.

"흠…… 딱히 이야기해주지 못할 건 없는데, 신. 전하. 먼저 용건을 끝내고 오렴. 시실리의 부모에게도 들려줘야 하는 이야기니까."

그러자 할머니가 일단 여기서 이야기를 매듭지었다.

"저희 부모님께요?"

"그래, 넌 귀족이었지? 그렇다면 이번 기회에 약혼까지 하게 되겠지. 그 전에 꼭 들어둬야만 하는 이야기가 있단다."

"그런가요……. 알겠습니다."

혹시 그건가? 내가 할아버지와 할머니의 친손자가 아니라는 거?

그러고 보니 아직 밝힌 적은 없었다.

할머니는 이번 파티를 기회로 모두에게 알려줄 생각인 모양이었다.

"혹시 처음부터 이럴 생각이었어, 할아버지?"

"허허, 나도 처음 들었구나……."

할아버지는 몰랐었나 보다.

완전히 할머니에게 주도권을 잡혀 있었다.

……결혼했을 당시의 상황이 눈에 선했다.

우리는 일단 여기서 훈련을 마치고 저택으로 돌아가기로 했다.

일행을 저택에 데려다준 후, 나와 오그만 왕성으로 향했다.

"어서 오십시오, 전하. 월포드 씨."

아침에 만났던 경비병이 우리를 맞이했다.

"오, 이제야 왔군. 신 군."

그러자 세실 씨, 그리고 예상했던 대로 디스 아저씨가 우리를 기다리고 있었다.

"역시 왔네."

"역시?"

"아일린 씨가 그러시던데. 세실 씨가 직장에서 실컷 자랑할 테니 디스 아저씨의 귀에도 들어갈 거라고."

"확실히…… 직장에서 자랑하고 다니긴 했다만……."

"그러면 아마 디스 아저씨도 올 테니까 준비해두라고 하시던데요."

"……신 군. 난 왕도에 남으면 안 되겠나?"

"당연히 안 되죠! 그랬다간……."

"아니! 더 말하지 않아도 되네! 하아…… 얌전히 혼날 수밖에 없나……."

"히, 힘내세요……."

내 주위에는 부인 쪽이 더 강한 사람이 많구나.

혹시 내가 모를 뿐이지 다들 이런 건가?

"왜 날 그렇게 쳐다보는 거지? 신 군."

"그게……."

"아바마마도 어마마마께는 꼼짝 못하셔."

"역시 그랬군."

"잠깐! 대체 뭘 폭로하는 게냐!"

"아, 죄송합니다. 신이랑 같이 있으면 아무래도 본심이……."

"아들이 이제야 솔직한 모습을 보여주나 싶더니……."

"능구렁이라 깜짝 놀랐지?"

"야, 능구렁이는 또 뭐야."

"속이 시커먼 능구렁이 맞잖아."

"……굉장하군. 폐하, 전하와 늘 이런 식으로 지내고 있는 건가?"

세실 씨와 경비병은 놀란 얼굴이었다. 디스 아저씨와 오그의 이런 모습은 처음이었나 보다.

"그러고 보니 지크 형이랑 크리스 누나는?"

"아, 다른 임무가 있어서 지금 자리를 비웠다. 그리고 게이트로 갈 거지? 게다가 멀린 님과 멜리다 님과 신 군과 연구회 멤버들도 있으니 호위 같은 건 필요 없을 테고."

"그건 그래."

"사실은 그들도 자네들을 축하해주고 싶었겠지만, 이번에는 좀 갑작스러운 임무라 어쩔 수 없었단다. 뭐, 왕도에서 정식으로 약혼 피로연이 열릴 테니, 그때 참가하면 되겠지."

"어? 그렇게 대대적으로?"

"당연하지. 상대는 귀족이고, 너는 이 나라의 새로운 영웅이다. 대대적으로 하지 않으면 주위가 납득해주지 않아."

"하아, 그런가……."

"그렇고말고. 그보다 슬슬 가자. 늦어지면 멀린 님께서 걱정하실 테니."

"아, 응. 알았어."

"그럼 아마 저쪽에서 묵고 올 테니 그렇게 전해두도록."

"예! 알겠사옵니다!"

이제야 겨우 클로드 영지로 가게 됐지만—.

“아, 미안. 디스 아저씨, 잠깐 어디 좀 들렀다 올게.”

“음? 같이 가면 되지 않나.”

“괜찮아! 금방 올 테니까 기다려!”

그렇게 말하고 불현듯 떠오른 용건을 마친 나는 왕성으로 돌아왔다.

“미안, 기다렸지? 이제 가자.”

그리고 이번에야말로 클로드 영지로 게이트를 열었다.

“정말로 편리한 마법이로고.”

“다음에 영지에 용건이 있을 때 모셔다드릴까요?”

“매력적인 제안이네만, 아무래도 무리겠지.”

“예? 왜요?”

“그건 신 군, 귀족이 영지로 가거나 왕도에 올 때는 중간에 있는 도시에 들러야 하기 때문이야.”

내가 질문하자 디스 아저씨가 대답했다.

“귀족이 움직일 때는 제법 큰 규모의 집단이 형성되기 마련. 중간에 거치는 도시에서 발생하는 경제 효과도 무시할 수 없지.”

“흐응, 그런 건가.”

“그래. 그리고 도시에 있는 귀족이나 대관(代官)과의 교류도 중요한 일이니까.”

"그랬구나."

귀족도 힘들겠네.

"그러니 신 군이 준 이 마도구는 정말 큰 도움이 될 걸세. 고맙네."

"아뇨, 그런 거라면 얼마든지 제공해드릴게요."

"정말인가? 말만 들어도 고맙군. 물론 대가는 지불하겠네."

"에이, 그런 건 신경 쓰지 마세요."

"그럴 수도 없는 노릇이겠지. 그리고 만약 대가를 지불하지 않으면……."

"지불하지 않으면?"

"마도구 때문에 딸을 팔아넘겼다고 손가락질을 당하겠지."

"예에?!"

디스 아저씨의 말에 나는 내 귀를 의심했다.

"유감이네만, 폐하께서 하신 말씀대로일세. 이 세상에는 선량한 사람만 있는 게 아니니까 말이지. 특히 지금처럼 공석이 된 재무국의 사무차관 자리를 노리는 자들이 많을 때는 더더욱."

아, 그러고 보니 세실 씨는 재무국의 관리관이었지. 충분히 사무차관을 노릴 수 있는 위치다. 관료의 자리싸움이라……. 그런 건 어느 세상이나 다 똑같구나.

"알겠어요. 그래도 제공은 해드릴게요. 엄청 싸게. 이건 저도 양보할 수 없어요."

"그런가……. 고맙네."

저택의 현관에서 그런 대화를 나누고 있자 고용인이 우리가 온 걸 눈치챘다.

"폐, 폐하! 자작님!"

그 목소리를 들은 고용인들이 현관에 모여서 일제히 무릎을 꿇었다.

그리고 아일린 씨도 건물 안쪽에서 나와 우아하게 고개를 숙였다.

"어서 오세요. 폐하. 저희 영지를 찾아주셔서 감사합니다."

"신 군을 축하하는 자리에 내가 빠질 수는 없지. 그리고 오늘은 국왕이 아닌 개인으로서 방문한 것이니 너무 격식을 차리지는 말게."

"예, 알겠습니다. 그리고…… 여보?"

"아, 예!"

"나중에 저 좀 봐요."

"……예."

죄송해요, 세실 씨. 저는…… 저는 아무래도 힘이 되어드리지 못할 것 같아요.

"마침 준비가 끝난 참이니 식당으로 와주시길. 아, 신 군은 이쪽으로 오렴."

"예? 왜요?"

"그야 물론 옷을 갈아입고 시실리와 함께 축하 파티에 등장하기 위해서지."

아일린 씨는 세실 씨의 뒷일을 안쓰럽게 여기던 나에게 옷을 갈아입고 오라는 말을 꺼냈다.

왠지 일이 점점 커지는 것 같다.

"그럼 이 방에서 갈아입고 기다리렴. 금방 시실리를 불러올 테니까."

아일린 씨는 나를 빈방에 떠밀어 넣은 후, 시실리를 데리러 갔다.

방 안에 있던 흰 셔츠와 흰 바지와 군복 같은 파란 옷으로 갈아입자 갑자기 긴장되기 시작했다.

안절부절못하면서 기다리고 있자 누군가가 방문을 노크했다.

"아, 예!"

문이 열리자 그 너머에는…….

하늘하늘한 하늘색 드레스를 입고 머리카락을 단정하게 틀어 올린 시실리가 서 있었다.

드레스는 프릴이 많이 달린 귀여운 디자인이었고, 틀어 올린 헤어스타일과 액세서리는 약간 어른스러운 느낌이었다. 그런 언밸런스한 조화가 시실리의 귀여움을 한층 더 강조해 주고 있었다.

"저, 저기…… 신 군?"

넋을 잃은 채 빤히 쳐다보고 있자 시실리가 내 이름을 불렸다.

"아, 응. 미안. 귀여워서 잠시 넋을 잃었지 뭐야."

"아…… 고, 고마워요. 신 군도 멋있어요."

"정말로?"

"정말로요. 신 군이야말로 진심이셨나요?"

"응. 너무 귀여워서 가슴이 막 떨려."

"신 군……."

"시실리……."

"으흠!"

아일린 씨도 있는 걸 깜빡했다!

"사이가 좋은 건 잘 알았으니 조금 후에 식당으로 나오렴."

아일린 씨는 웃으면서 먼저 떠나갔다.

사람이 있는데…… 어째 서로의 마음을 확인한 후부터 점점 자제심이 사라져가는 듯한 기분이 들었다.

우리는 서로의 얼굴을 마주 보고 쓴웃음을 흘렸다.

그리고 나는 계속 마음에 두고 있었던 일을 물어보았다.

"시실리, 사귀자마자 약혼까지 하게 됐는데 넌 괜찮아?"

"예. 아침에는 놀라서 당황했지만, 저도 귀족 가문의 여식인걸요. 언젠가 이런 날이 올 거라고 각오하고 있었어요. 그리고 진심으로 좋아하는 사람과 하는 약혼이니 저도 정말 기쁘답니다."

시실리는 눈물을 글썽거리면서 해맑게 웃었다.

"시실리……."

"신 군……."

"저기…… 그런 건 나중에 하시는 게……."

그러고 보니 안내역으로 메이드가 남아 있었다!

"아, 죄송합니다."

"아으, 또 저질렀어요……."

사람이 있을 때는 좀 자제하자!

"그럼 안내해드리겠습니다."

메이드의 안내를 받고 도착한 곳은 우리가 늘 밥을 먹는 식당이었다.

하지만 평소와 달리 의자와 테이블을 치운 입식 파티장으로 변모해있었다.

이 짧은 시간에 이런 준비를 마치다니 클로드 가문의 고용인들도 엄청 유능했다.

시실리와 팔짱을 끼고 식당에 들어가자 연구회 멤버들, 시실리의 부모님, 디스 아저씨, 그리고 할아버지와 할머니가 박수로 맞이해주었다.

"다들 잔은 받았겠지? 그럼 이제부터 나의 벗인 멀린 님과 멜리다 님의 손자인 신 군과, 클로드 자작가의 여식인 시실리 양이 연인이 된 것을 축하하며 약혼 피로연을 시작하겠네."

"디세움, 잠깐만."

"예? 무슨 일이십니까, 멜리다 님."

"네가 선언하면 이 아이들은 정식 약혼자가 되겠지. 그건 무척 기쁜 일이지만…… 클로드 내외."

"예!"

"예, 멜리다 님."

"사실 자네들에게 말해둬야 할 게 있어."

그거겠군.

"이 일을 모르고 넘어가면 결국 자네들을 속이는 셈이 되겠지. 그건 우리의 본의가 아니니 잠시 들어주게."

"아, 알겠습니다."

할머니의 진지한 표정에 세실 씨가 긴장한 얼굴로 대답했다.

그리고 할머니는 내 출생의 비밀을 밝혔다.

"실은…… 신은 우리의 친손자가 아니야."

그 말에 의표를 찔린 모두가 입을 다물었다.

"한 15년쯤 전이었지. 내가 마물의 습격을 받고 전멸한 마차를 발견했던 건."

할아버지가 날 주웠을 당시의 이야기를 시작했다.

"생존자는 없을 거라고…… 절로 그런 생각이 들 정도의 참상이었다네. 내가 하다못해 장례라도 치러주려고 마차의 잔해에 다가갔을 때…… 기적적으로 살아남은 이 아이를 발견했던 걸세."

충격적인 진실에 다들 말문이 막힌 모양인지 조용히 할아버지의 이야기에 귀를 기울였다.

"이 아이를 주운 나는…… 뭐, 이런저런 사정이 있다 보니 이것도 천명이라는 생각에 이 아이를 내 손으로 키우겠다고 결심했다네."

마물의 습격을 받은 현장에서 살아남은 갓난아기라는 게 어지간히 보기 드문 케이스인지 여기저기서 「정말 기적이었네요……」라는 말소리가 들렸다.

"신 군의 부모님은…… 신원을 파악하지 못하셨나요?"

다들 웅성거리는 가운데 세실 씨가 질문했다.

"신원을 파악할 물건은 아무것도 없더군. 아니, 그런 게 남아나지 않을 정도로 처참한 상태였다네."

"그런데도 용케……."

"그래. 나도 이 이야기를 들었을 때는 그야말로 기적이라는 말이 절로 나오더군. 처음에는 솔직히 고아원에 맡기는 편이 나을 거라고 생각했는데, 이 이야기를 듣고…… 그리고 이 아이가 나에게 웃어준 순간…… 결심했지. 멀린이 이 아이를 키우겠다면 온 힘을 다해 도와주겠다고. 나도 이 아이의 할머니가 되어주겠다고."

이건 나도 처음 들었다.

……옛날에 둘 사이에 무슨 일이 있었던 걸까?

"자네들이 신을 인정한 건…… 이런 말을 하기는 좀 그렇지만, 아무래도 우리 손자라서 그런 부분도 컸겠지. 하지만 사실 우리는 이 아이와 피가 이어지지 않았어. 그런데도 신을 시실리의 약혼자로 받아들일 수 있겠나?"

할머니가 그렇게 말하자 세실 씨와 아일린 씨는 서로의 눈을 마주 보고 고개를 끄덕였다.

두 분은 어떤 결론을 내린 걸까.

"멜리다 님, 멀린 님. 저는 솔직히 실망했습니다."

세실 씨가 그렇게 말한 순간 나는 온몸에서 핏기가 가시는 듯한 기분이 들었다.

"역시, 그런가……."

"어쩔 수 없는 노릇이겠지……."

할아버지와 할머니의 얼굴이 침울해졌다.

나는 그 얼굴을 본 순간, 갑자기 심장이 터질 것만 같았다.

그러나—.

"두 분, 사람을 한참 잘못 보셨습니다!"

"""아……."""

"저희가 신 군을 인정한 건 두 분의 손자였기 때문이 아닙니다! 시실리를 그 누구보다 소중히 여기고 가족인 저희들까지 지켜주려 한, 그런 마음씨 곱고 강한 신 군이었기에 시실리와의 교제를…… 약혼을 허락했던 겁니다! 저희를 그런 식으로 보셨다니 무척 유감이군요!"

세실 씨는 그렇게 단언했다.

그 말을 들은 순간, 나는 세실 씨가 진심으로 날 시실리의 짝으로 인정해줬다는 걸 깨닫고 살짝 눈물이 나왔다.

"이이가 말한 대로예요. 저희는 그런 신 군이기에 시실리의 배우자가 되어주길 바란 거랍니다. 출신 따윈 상관없이요."

아일린 씨도 그렇게 말해주었다.

"그래……. 그런가……."

"고마우이……."

할아버지와 할머니도 동시에 눈물을 흘렸다.

그 모습에 나는 두 사람이 정말로 날 소중히 여긴다는 걸 새삼스럽게 깨닫고 눈물이 흘러내리는 걸 참을 수 없었다.

"신 군……."

시실리가 손수건으로 살며시 눈물을 닦아주었다.

그리고 부드럽게 웃으면서 이렇게 말했다.

"저도 마찬가지예요. 상대가 신 군이라서 좋아하게 된 거랍니다. 애당초 전 신 군과 처음 만났을 당시에는 두 분의 손자였다는 것도 몰랐는걸요."

"응. 그러고 보니 그랬지."

나는 시실리에게서 손수건을 빌려서 직접 눈물을 닦은 후, 세실 씨와 아일린 씨를 돌아보았다.

"세실 씨, 아일린 씨. 감사합니다. 두 분의 기대를 배신하지 않고 제 온 힘을 다해서 시실리를 지키겠습니다."

"그래. 잘 부탁하네."

"후후, 잘 부탁해. 신 군."

"그리고 할아버지, 할머니."

"응?"

"허, 왜 그러느냐."

나는 손수건으로 눈물을 닦는 두 사람에게 다시 감사의 말을 전했다.

"할아버지, 날 키워줘서 고마워. 전에도 말했지만, 다시 한 번 말할게. 난 할아버지의 손자가 돼서 행복해."

"신……."

"할머니, 내 할머니가 돼줘서 고마워. 늘 혼만 났지만, 난…… 할머니의 손자라서 행복해."

"얘가…… 갑자기 무슨 소릴……."

두 사람의 눈에서 다시 눈물이 흘러내렸다.

파티장의 분위기가 울적해졌지만, 그래도 지금 꼭 하고 싶었던 말이었다.

"그럼 양가도 납득했으니 그만 분위기를 전환하고 슬슬 시작하지."

디스 아저씨가 타이밍을 잰 것처럼 입을 열었다.

"신 월포드, 시실리 폰 클로드. 두 사람의 약혼을 내가 허락하지. 이건 알스하이드 국왕으로서의 선언이다."

국왕님의 인가까지 받았다.

아니, 조금 전에는 분명 개인으로서 이 자리에 참석한 거라고…….

혹시 임시방편이었나?

"전도유망한 젊은이들의 멋진 미래를 위해…… 건배!"

""건배!""

아무튼 디스 아저씨의 허락을 받은 건 틀림없으니 이로써 나와 시실리는 정식 약혼자가 되었다.

사귀자마자 약혼이라니. 전생에서는 상상도 못 할 일이었지만, 로마에 가면 로마법을 따르라는 말도 있으니까 딱히 이견은 없었다.

귀족은 참 번거롭게 사는구나 싶기는 했지만.

"그러고 보니 귀족은 아이를 잔뜩 낳아야 한다면서요? 후계자 싸움 같은 게 벌어지면 어쩌죠?"

"아, 그건……."

세실 씨는 물론이고 디스 아저씨까지 쓴웃음을 흘렸다.

"신 군, 이 나라의 왕족과 귀족은 국민과 영민의 생활에 대한 막중한 책임을 짊어지고 있어."

"예……. 영지 경영으로 손에 넣는 이익도 많지만, 그보다 책임이 더 막중하지요."

"영지 경영 상태를 시찰할 때도 있고."

"시찰까지 해?"

"행여나 그 결과 불합리한 과세로 백성들을 수탈했다는 게 확인된다면……."

"화, 확인된다면?"

"영지 몰수, 작위 박탈 등의 벌을 내리기도 하지."

"진짜?"

"그래. 그래서 평소에는 대관인 카미유에게 맡기고 있네만, 나도 정기적으로 영지를 방문해야 한다네. 영민들의 목소리를 직접 들어봐야 할 필요가 있으니 말일세."

"아마 이 나라에서도 1, 2위를 다투는 힘든 일일걸?"

"……요전에 누가 과로로 쓰러졌다더군요."

"그게 사실인가?"

"예……. 저희도 조심해야겠습니다."

"동감일세……."

다른 의미로 분위기가 울적해졌다!

"이런 식으로…… 귀족의 당주는 워낙 일이 고되다 보니 다들 꺼려하는 게 사실이야."

"아버지께서 저에게 작위를 물려주셨을 때 다른 친척들과 형제들이 환호성을 질렀던 건 아직도 잊을 수가 없습니다……."

"그, 그 정도였나요."

작위를 물려받지 않았다고 환호성을 지르다니…… 대체 얼마나 고되길래?

"뭐, 시실리는 셋째 딸인 데다 월포드 가에 시집을 가게 됐으니 작위 계승 문제는 신경 쓰지 말게. 다만, 두 사람의 아이가 클로드 가문의 피를 이은 건 사실이니 만에 하나의 일이 벌어질지도 모른다는 건 염두에 두고."

"신 군의 아이……."

시실리가 새빨간 얼굴로 몸을 배배 꼬았다.

"그러고 보니 멜리다 님! 아까 신 군의 어릴 때 이야기를 하다 마셨는데요!"

"아, 그러고 보니 그랬지."

아이라는 말을 듣고 떠올랐는지 앨리스가 아까 못 들은 내 어린 시절의 이야기를 듣고 싶다는 말을 꺼냈다.

"갓난아기 때는 잘 울지도 않고 칭얼대지도 않는 애였지."

"그랬지. 통 울지를 않아서 걱정한 적도 있었고……."

그야 난 한 살 때부터 자아가 있었으니…… 걱정 끼쳐서 미안.

"그리고 좀 자란 후에는 말문이 트이는 게 늦어서 걱정도 했었지."

"그건 그랬지만…… 말문이 트인 후부터가 굉장했지요."

"그랬었지. 이게 뭐야? 저건 뭐야? 라면서 질문이 그칠 날이 없었으니……."

"확실하게 대답해주지 못하면 질문 공세에 시달려야 했지요. 그래서 성으로 돌아와서 조사했던 적도……."

"신의 『호기심』에는 정말로 고생했어……."

할아버지, 할머니, 디스 아저씨가 동시에 지친 얼굴을 했다.

미, 미안……. 전생이랑 완전히 다른 세상이다 보니 모든 게 다 신기하게 보여서…….

"마법을 쓰게 된 것도 빨랐어."

"그때는 진심으로 놀랐습니다. 분명…… 세 살 때였지요?"

"허허, 맞네."

""세 살?!""

다들 동시에 기겁했다.

"어? 보통은 몇 살부터데?"

"초등학원 재학 중에 마력 제어에 성공하면 우수한 축이지."

"그렇다는 건?"

"열두 살 때쯤."

"흐응, 그럼 메이는 엄청 우수한 거네."

"에헤헤, 고마워요. 신 오빠."

"아니…… 넌 세 살……."

"아~ 난 할아버지가 자주 마법을 썼으니까 옆에서 따라하다 보니 어느새 되더라고."

"……아니, 너 세 살 때 있었던 일을 기억하는 거냐?"

"응."

이 말에도 다들 놀랐다. 하긴 그렇겠지. 난 반칙이었지만!

"그 후로 마법을 가르쳐줬더니 거의 다 한 번에 터득하더구나."

"당신은 그게 또 좋다고 계속 마법을 가르쳤지."

"허허…… 정말로 뭐든지 금세 배워버리니까 신이 나서 참을 수가 없지 뭔가."

"그래서 신이 이렇게……."

할머니는 할아버지에게 잔소리를 하려다가 겨우 참았다.

안도의 한숨을 내쉬는 할아버지가 불쌍해…….

"투정을 부린 적도 없고, 어른 말도 잘 듣고…… 생각나는 걸 바로 행동으로 옮기는 버릇만 제외하면 정말 손이 가지 않는 애였어."

"그래. 집안일도 잘 도왔지."

"그러다 보니 이 아이가 사고치지 않도록 늘 감시는 필요했어도 키우느라 고생한 적은 거의 없었어."

"호오, 그랬나요. 신 군이 착한 아이였다니…… 엄청 의외네요!"

그러자 앨리스가 실례되는 말을 했다.

"뭐가 의외라는 거야!"

"그야 신 군이 어렸을 때는 어른들한테 엄청 폐를 끼쳤을 것 같았는걸!"

"그러니까 왜!"

"지금 하는 짓만 봐도……."

"의외라는 생각이 드는 건 부정할 수 없구려."

마리아와 율리우스도 앨리스의 발언에 동의했다.

역시 난 문제아 취급이냐…….

"그, 그래도! 할아버님과 할머님을 생각하는 고운 마음씨는 지금도 변함없는걸요!"

그러자 시실리가 필사적으로 날 변호해줬다.

역시 착해……. 난 이런 점에도 반한 거라니까?

“허허, 시실리 양에게 할아버님이라는 소리를 들으니 기쁘구만.”

“그러네. 시실리, 앞으로는 우릴 그렇게 부르려무나.”

“예! 그럴게요, 할머님.”

시실리가 그렇게 대답하자마자 할머니가 헤실헤실 웃었다.

할머니가 저런 표정을 짓는 건 난생처음 봤다.

이러니저러니 해서 울적하게 시작된 파티는 내 어릴 때 이야기로 달아오르다가 이윽고 막을 내렸다.

파티가 끝난 후, 나와 시실리는 단둘이 테라스로 나왔다.

“하아…… 이제야 끝났네.”

“고생했어요, 신 군. 하지만 왕도에 돌아가면 정식 약혼 피로연이 있을 테니, 그때도 힘내세요.”

“진짜냐…….”

시실리는 그런 나를 보고 쿡쿡 웃었다.

이건…… 역시 말해야겠다.

“시실리.”

“예, 왜요?”

“순서가 반대가 됐는데…….”

나는 아까 왕도에 갔을 때 입수한 물건을 시실리에게 내밀었다.

"어? 이건……."

"약혼 피로연은 이미 끝났지만……."

나는…… 작은 상자에 들어있는 반지를 보여주었다.

"시실리."

"네, 넷."

그리고 말했다.

"내…… 아내가 되어줘."

반지와 내 고백에 잠시 굳어 있던 시실리는 천천히 미소를 지으면서 응해주었다.

"예, 저를 신 군의 아내로 삼아주세요."

확답을 들은 나는 시실리의 왼손 약지에 반지를 끼워 주었다.

시실리는 가만히 그 반지를 내려다보며 행복한 표정을 지었다.

나 역시 그런 그녀를 보기만 해도 행복한 기분이 들었다.

"사귀어 달라고 고백했던 게 바로 어제였는데 참 빠르기도 하네."

"그러네요."

둘이서 쿡쿡 웃음을 흘렸다.

그러자 시실리가 내 품에 뛰어들었다.

"신 군…… 저, 행복해요."

"시실리……."

포옹한 채 서로의 눈을 지그시 바라보고 있자, 이윽고 시실리가 살며시 눈을 감았다.

나는 그런 시실리에게 고개를 숙여…….

입술을 포갰다.

그 후에 나와 시실리는 각자 방으로 돌아갔다.

진짜야!

그녀의 친가인 데다 부모님까지 있으니…… 더 진도를 뺄 용기는 없었다.

◆

"안녕히 주무셨어요, 신 군."

다음 날 나는 아침을 먹으려고 식당으로 가는 도중에 시실리와 마주쳤다.

그녀는 어제와는 약간 다른 느낌의 요염한 미소로 인사를 했다.

"안녕, 시실리. 오늘은…… 왠지 더 예쁜 것 같네."

"후후…… 고마워요."

오, 이젠 허둥대지 않네.

"시실리…… 너……."

그러자 마리아가 뭔가를 눈치챈 듯한 얼굴을 했다.

"하아…… 설마 네가 나보다 먼저 어른의 계단을 오를 줄은……."

"잠깐! 갑자기 그게 무슨 소리야! 마리아!"

"보아하니 어젯밤에 신이랑 무슨 일이 있었던 거지?"

"무, 무슨 일이라니……."

조금 차분해졌나 싶더니 시실리는 역시 또 허둥지둥 댔다.

그런 두 사람을 실실 웃으면서 보고 있자니 옆에서 오그가 태클을 걸었다.

"신…… 너, 표정이 좀 소름끼친다?"

"그보다 오라버니! 시실리 씨가 왠지 이상해요!"

"아, 저건…… 신, 네가 원인이지?"

"으, 응? 뭐가……?"

"겁쟁이 주제에 이럴 때는 손이 빠르군."

"무, 무슨 소리인지 영……."

"나 원 참……."

오그는 한숨을 내뱉더니 나에게 귓속말을 건넸다.

"피임은 확실히 해."

"야! 야, 인마! 아직 거기까지 진도가 나가진 않았어!"

"옳거니. 그럼 전 단계까지는 진도가 나갔다는 건가."

"헉! 날 속였구나!"

네 이놈…… 과연 능구렁이 왕자. ……이렇게까지 교묘하게 증언을 유도하다니!

"그게 아니라…… 신 님의 반응이 알기 쉬운 것뿐입니다만."

어? 그런 거야?

"아으…… 신 군도 참!"

"미, 미안! 시실리."

어젯밤의 일을 둘만의 비밀로 간직하고 싶었던 걸까?

바로 들통났지만!

"하와와, 어른의 정사예요!"

메이야! 열 살짜리 어린애가 정사라는 말을 쓰면 못 써!

"너희들, 이런 데서 시끄럽게 뭘 하는 게냐."

"꾸물대다간 밥이 식을걸?"

복도에서 그러고 있자 어른들이 등장했다.

맞아, 그러고 보니 디스 아저씨와 세실 씨를 왕성에 데려다줘야지.

"좋은 아침입니다, 폐하. 여러분."

식당에는 아일린 씨가 먼저 와 있었다.

어제 피로연을 열었던 흔적은 눈을 씻고 봐도 찾을 수 없었다.

역시 클로드 가문의 고용인들도 유능해!

"어머? 시실리, 무슨 일 있었니? 얼굴이 빨간데."

"아, 아뇨! 아무것도 아니에요!"

"흐응~ 그래? 그보다 다들 어서 식사하죠."

그렇게 해서 평소의 멤버에 보호자들을 추가한 상태로 아침 식사 시간이 시작되었다.

그 자리에서 전에 오그에게 들었던 이야기가 화제로 거론되었다.

"그러고 보니 신, 전에 얘기했던 입태자의 의식 말인데."

"아, 그러고 보니 그런 말을 했었지."

"그 의식을 일주일 뒤에 할 예정이다."

"흐응, 그래?"

"그래서 말인데. 미안하다만 그 전에 왕도에서 너희의 약혼 피로연을 열면 안 되겠나?"

"응? 왜?"

"입태자의 의식이 끝난 후에는 왕도에서 축제를 열 예정이야. 그러면 너희의 피로연이 나중으로 미뤄질 테니까."

"아, 그렇군."

"클로드 내외. 일정이 촉박해서 미안하다만, 일이 그렇게 됐으니 곧 준비를 해주게."

"알겠습니다, 전하."

"클로드. 그럼 한동안 자네는 준비에 전념하게. 자네의 부서에는 내가 말을 전해두지."

"정말이십니까?! 황공합니다!"

"배려해주셔서 감사합니다. 여보, 파티 준비는 제가 할 테니 초대객 선정은 부탁할게요."

"그, 그래. 나만 믿어."

아일린 씨의 눈초리 앞에서 세실 씨가 한없이 작아졌다.

이 사람이 내 장모님이 되는 건가…….

"신 군……. 방금 실례되는 생각하지 않았니?"

"아뇨! 전혀요!"

무서워! 아일린 씨가 진짜 무서워!

"시실리, 오늘부터 피로연이 열릴 때까지 합숙 훈련 후에는 드레스나 액세서리를 준비하느라 바빠질 테니까 힘내렴."

"예, 어머니."

"그리고 세실리아와 실비아보다 먼저 약혼했으니…… 그 점도 각오해두고."

"아으…… 예……."

세실리아? 실비아?

"장녀와 차녀일세."

내가 궁금해하자 세실 씨가 옆에서 알려주었다.

"그러고 보니 신 군은 아직 다른 아이들을 만난 적이 없던가?"

"예, 말씀은 들었지만…… 혹시 집이 아니라 다른 곳에서 사시는 건가요?"

"셋 다 독립했다네. 기숙사에 들어가거나 따로 집을 빌려서 나갔지."

셋? ……아! 오빠도 있다고 했지!

"그러고 보니 형님의 성함이……."

"응? 아, 로이스일세. 로이스 폰 클로드. 일단 당장은 클로드 가문의 차기 당주이긴 하네만……."

"무슨 문제라도 있는 건가요?"

"아니, 그게…… 딸들은 시실리를 포함해서 셋 다 고등 마법학원에 입학한 데다 세실리아와 실비아는 졸업 후 마법사단에 들어갔네만…… 로이스만 경법 학원 출신의 관료이다 보니 뭐랄까…… 머리는 좋은데 완력으로는 동생들에게 눌려 살고 있다고 할까. ……아무튼 자신감이 좀 부족한 편이라네."

그, 그런가……. 클로드 가의 여자들은 무섭구나!

"신 군?"

"여보?"

"예!"

"아, 아무 말도 안 했어! 응!"

왠지 시실리에게서도 묘한 박력이 느껴지기 시작했다!

"폐, 폐하! 슬슬 성으로 가실 시간이 아닐는지요!"

"오, 오오, 그렇군. 그럼 신 군, 부탁하마."

"으, 응. 알았어."

"아, 그러고 보니."

"응?"

"전에 받은 통신용 마도구를 두세 개 정도 더 구할 수 없겠나?"

"알았어. 지금 가지고 있는데 줘?"

"오오, 다행이군! 제국과 국경을 접한 나라들이 긴급 연락용으로 구해줄 수 없겠냐는 부탁을 하지 뭔가. 우리나라가 신 군의 마도구를 독점한다고 여기면 곤란하니까 말이지."

나는 전에 디스 아저씨에게 준 적이 있는 마도구 세 개를 꺼내서 건네주었다.

"잠깐…… 신, 그게 뭐지?"

"어? 아니, 그게 전에 제국에서의 첩보 활동이 힘들다는 말을 듣고 원거리 통신이 가능한 도구가 있으면 편리하겠다 싶어서……."

""원거리 통신?!""

아, 그러고 보니 말한 적 없었구나.

나는 설명을 위해 모두에게 통신용 마도구를 보여주었다.

모습은 완전히 실 전화기와 판박이였다.

컵 부분에 『음성 송수신』이라는 단어를 부여했더니 유선이기는 해도 통신이 가능해졌다.

이렇게 대충 만든 걸로도 괜찮을까 싶었지만, 원래 실 전화기도 구조 자체는 단순한 편이다. 목소리만 주고받을 수 있으면 충분하겠지.

"이걸 가지고…… 누구, 식당 밖으로 나가볼 사람?"

"예! 제가 해볼래요!"

그러자 메이가 씩씩하게 손을 들었다.

"아! 늦었다!"

어른스럽지 못하기는. 언니니까 동생에게 양보해, 앨리스.

"그래. 마도구를 써보는 것도 경험이 될 테니 메이가 해줄래?"

"예!"

"할머니, 메이랑 같이 가주면 안 될까?"

"그건 상관없지만……."

할머니는 복잡한 표정으로 메이와 같이 식당을 나갔다.

"앨리스, 넌 이쪽."

"야호! 맡겨만 줘!"

"그럼 마도구를 쓸 때처럼 마력을 흘려 넣어봐."

"오케이~."

『와! 목소리가 들렸어요!』

"어? 메이 공주님?"

『어라? 앨리스 언니예요?』

"예, 응? 메이 공주님. 지금 어디 계세요?"

『제 방이요.』

꽤 먼 데까지 갔네.

"거기서요?!"

“그럼 메이, 이쪽이 마력을 끊을 테니까 이번에는 그쪽에서 써봐. 할머니가 방법을 가르쳐줘.”

『아, 그래. 알았다.』

“그럼, 앨리스. 마력 끊어.”

“호이~.”

그리고 잠시 후.

『저기, 들리세요?』

“응, 됐어. 들려, 메이야.”

『성공이에요! 처음으로 마도구를 써봤어요.』

기뻐하는 메이의 목소리에 흐뭇해하고 있자, 주위에서 질문이 쇄도했다.

“잠깐, 신! 이거 뭐야! 메이 공주님의 방은 꽤 멀리 떨어져 있는데!”

“이거 원, 또 터무니없는 물건을 만드셨군요. 신 님.”

“이게 있으면 정보 수집이 편해지겠네. 굉장한걸.”

“우와~ 월포드 군은 진짜 뭐가 뭔지 모르겠어!”

마리아와 토르와 토니와 유리가 연속으로 말을 걸었다.

기사학원과의 합동 훈련이 끝날 때쯤이던가?

오그로부터 제국에서의 첩보 활동에 난항을 겪고 있다는 말을 듣고 도와주려는 생각에 만든 물건이었다.

그런 경위를 설명하는 도중에 할머니가 낯빛을 바꾸고 뛰어왔다.

"신! 너 또 이런 터무니없는 물건을!"

"하, 할머니…… 괴로워……."

"하, 할머님! 진정하세요!"

"후우~! 후우~! 이건 대체 뭐니!"

콧김을 씩씩 부는 할머니를 시실리가 진정시켰다.

괴, 괴로웠어…….

"보, 보다시피 먼 곳에 목소리를 보내는 마도구야."

"이런…… 부여 마법사의 꿈을 이토록 간단히……."

아, 그랬어?

"이거, 이 송수신기에 『음성 송수신』이라는 단어를 부여하고…… 이 실로 연결했더니 성공하던데……."

"이건…… 마물이 된 거대 거미의 실이구나?"

"아, 역시 할머니. 정답이야."

그렇다. 송수신기를 연결하는 실은 마물이 된 거미의 실이었다.

교복에 마법을 부여할 때 예상했던 거지만, 마물이 된 거미의 실은 마도구의 재료로 쓸 수 있었다.

마물이 된 거미라곤 해도 2, 3미터를 넘는 괴물이 아니라 고작해야 20센티미터 남짓한 크기의 거미다. 생포해서 마력이 깃든 실을 계속 뱉게 한다.

그 마력 실로 지은 옷은 많은 글자를 부여할 수 있는 고급품이기도 했다.

“설마 마력 실을 그대로 쓸 줄은…… 마력 실은 옷을 지을 때 쓰는 거라는 고정관념이 이런 발상을 방해했던 걸까…….”

할머니의 말대로 이 세계의 사람들은 마력 실은 기본적으로 옷을 지을 때나 쓰는 재료라는 고정관념을 가지고 있었다.

내 경우는 옷가게에서 마력 실이 필요하다고 말했을 때 점원이 의아한 얼굴을 하는 걸 보고 깨달았다.

“하지만 이게 있으면 신 군과 전하께서 일부러 매일 왕성을 오가실 필요가 없는 게…….”

시실리의 의문은 지당했지만, 사실 이 마도구에는 한 가지 큰 문제점이 있었다.

“이건 선이 연결되어 있지 않으면 먹통이 돼. 그래서 첩보부대 사람들도 선을 푸는 사람과, 뒤에서 따라오면서 선을 땅속에 묻는 사람을 나눠서 합동 작업을 해야만 해.”

“그랬군요. 그렇다면…….”

“맞아. 시간이 많이 들어. 구 제국령 내에서 작업하는 건 위험하니까 지금은 주변국과의 연락용으로 시간을 들여서 선을 연결하는 중이야.”

이 마도구를 장거리로 쓰려면 선을 땅속에 묻는 대규모 인프라 정비가 필요했다.

훗날 각 도시와 왕도를 연결하면 여러모로 편리하겠지만 당장은 긴급 연락용으로밖에 쓸 수 없었다.

“굉장하네요. ……이거, 한밑천 잡을 수 있겠는데요.”

"한밑천 정도가 아니지. ……이권을 둘러싸고 분쟁이 일어나도 이상하지 않겠어."

토르가 이 통신기의 가치에 대한 감상을 말하자 할머니가 반론했다.

"걱정하실 필요 없습니다, 멜리다 님. 이 기술은 이미 신군의 이름으로 등록했으니까요. 왕실이 공인했으니 그런 일은 없을 겁니다."

"디세움! 자네가 신의 폭주를 부채질하면 어쩔 거야!"

"예? 아, 죄송합니다!"

굉장하다. 할머니. 국왕님에게도 호통을 쳤어.

"디스 아저씨는 왜 그렇게 할아버지랑 할머니한테 약한 거야? 국왕님이면서."

"뭐야, 신. 몰랐어?"

"뭐가?"

"난 아바마마의 첫 자식이야. 그런 것치고는 부자간에 꽤 나이 차이가 있는 편이지?"

"듣고 보니 그러네."

왕족과 귀족은 결혼이 빠르다고 들었는데 디스 아저씨는 오그의 아버지인 것치고는 꽤 나이가 많았다. 혹시 아이가 생기기 어려운 체질이라서 그런 게 아닐까 싶었지만…….

"디세움은 말이지……. 고등 마법학원을 졸업한 후에 우리와 함께 방랑 생활을 했단다."

"그때는 제자라기보다 심부름꾼처럼 썼으니…… 이제 와서 국왕이랍시고 예의를 차리는 것도 좀 그렇더구나."

"하하…… 정말 실컷 부려먹으셨지요……."

갑자기 디스 아저씨의 시선이 아득해졌다. ……어지간히 고생했었나 보다.

아니, 그보다 디스 아저씨는 당시에 왕태자였다고 하지 않았던가?

"당시 약혼자였던 어마마마도, 왕태자의 직위도 전부 내던지고 떠나셨다더군. 그래서 아직도 어마마마께는 고개를 못 드셔."

"응, 자업자득이네."

"하하…… 귀가 따갑군. 그건 그렇고 멜리다 님, 이건 지금 이 세계에 꼭 필요한 기술이 아닐는지요. 우리나라뿐만 아니라 각국에도 기술을 전파할 필요가 있고, 앞으로 그렇게 할 예정입니다. 죄송하지만, 납득해 주셨으면 감사하겠습니다."

할머니는 떨떠름한 표정을 풀고 마지못해 납득했다.

"왕국군의 제식 장비에 통신기라……. 이런 어린 나이에 벌써 거금을 쥐면 못 쓰는데……."

"뭐, 어때. 신은 이제 성인이 아닌가. 자기 힘으로 이만큼이나 벌 수 있는 걸 오히려 자랑스럽게 여기세."

할아버지, 나이스 어시스트! 시실리와 약혼까지 했으니 수입이 있는 건 좋은 일이잖아. 응!

"버는 것도 어지간히 해야지. 어지간히……."

하긴 요즘 왕립 은행의 계좌 잔액이 무서울 정도로 불어나긴 했더라.

"폐하, 저기…… 시간이……."

"음? 아! 이런! 신 군, 부탁하네!"

"아, 응. 알았어."

대화를 나누는 사이에 정말로 시간이 촉박해지자 나는 황급히 게이트를 열고 디스 아저씨와 세실 씨를 왕성에 데려다주었다.

아침에 한차례 소동이 있었지만, 이제 곧 훈련 시간이다.

사실 오늘부터는 조금 더 실전적인 훈련을 해볼 예정이었다.

그런 취지를 모두에게 전달하자, 기사학원과의 합동 훈련 덕분에 마물 토벌에 익숙해졌는지 다들 쾌히 받아들였다.

그리고 훈련을 하러 가기 전에 건네줄 물건이 있었다.

방어 마법을 부여한 전투복이었다.

졸업한 후에도 계속 교복을 입고 다닐 수도 없는 노릇이니 그날을 대비해 미리 만들어두는 편이 좋겠다는 생각이 들어서 전에 빈 공방의 사장님에게 남성용과 여성용의 옷, 부츠, 망토의 디자인 원안을 건네줬었는데, 마침 어제 반지를 사러 갔을 때 완성됐다는 말을 듣고 가져온 것이다.

그리고 약혼 피로연 후, 내 방에서 방어 마법을 부여했다.

마물 상대로 실전 훈련을 할 생각이 든 것도 이 새로운 전투복이 준비됐기 때문이었다.

옷에 부여한 마법은 전에 교복에 부여한 것과 동일했다.

그리고 망토에는 『광학미채』와 『적정 온도』를 부여했다.

『적정 온도』의 경우는 망토 안에서 온도를 조절하는 걸 확인하고 『에어컨 부여』라는 별명을 붙였다.

『광학미채』는 몸 전체를 덮도록 부여했다.

그렇게 하지 않으면 목만 둥둥 떠다니는 호러 영상이 될 테니까 말이다.

물론 이 부여 마법에 관한 건 관계자 외에는 비밀이었다.

참고로 개발비는 무시무시할 정도로 돈이 불어나기 시작한 내 계좌에서 꺼내 썼다.

언제까지 나라에서 지원을 받을 수도 없는 노릇이고, 남의 돈이라고 함부로 쓰는 것도 미묘한 기분이 들었기 때문이다.

참고로 부츠는…… 내가 신은 제트 부츠가 아니라 아무것도 부여하지 않은 평범한 부츠였다.

아무래도 이건 제대로 쓰려면 연습이 필요하니 마법을 부여하기 전에 먼저 모두의 의견을 들어봐야 할 테니까.

그렇게 해서 어떤 마법들을 부여했는지 알려주자 다들 바로 기가 막힌 표정을 지었다.

그래……. 이런 반응을 보일 줄 알았지.

"이 전투복과 액세서리로 방어면에서는 무적이 됐군."

"하아…… 결국 국가 기밀투성이인 옷을 입어야 하는 건가……."

"포기하죠, 마리아 님. 익숙해지기만 하면 최상의 방어구인 건 사실이니까요."

"교복에 부여했던 것보다 마법이 늘어난 건 어쩌고!"

"……그것도 포기하죠."

그러고 보니 마리아는 저번에도 교복에 마법을 부여해주겠다는 걸 극구 사양했었으니 아무래도 이 전투복에도 저항감이 있으리라.

"아, 부츠에는 아무것도 안 걸었어. 내 것처럼 제트 부츠로 만드는 것도 가능했지만."

"난 부여해줬으면 좋겠는데. 전에 슈투름이랑 싸웠을 때 쓴 그걸 말하는 거지? 상대의 품에 파고들기 쉬워질 테니까.

"어라? 토니는 접근전을 하려고?"

"기사학원이랑 합동 훈련할 때도 몸이 근질근질하더라고. 나도 너 정도까지는 아니라도 근접전과 마법을 한 번 병용해 볼까 해서."

"그러던지. 아, 그런데 그건 오늘 훈련이 끝나고 해줄게. 연습이 필요하니까."

"알았어. 기대할게."

하지만 토니 말고 제트 부츠를 원하는 사람은 아무도 없었다.

어떤 효과인지 모르는 사람도 있었고 실제로 본 사람은 무서워서 못 쓰겠다는 이유에서였다.

설명을 마친 후에는 모두에게 전투복을 한 세트씩 건네줘서 갈아입도록 했다.

옷을 갈아입자 이러니저러니 해도 다들 새로운 옷에 신이 난 눈치였다.

남자는 약간 긴 셔츠와 바지와 부츠.

여자는 남자와 같은 디자인의 셔츠와 퀼로트 스커트와 니삭스와 롱부츠.

색은 남녀 모두 흑백의 투톤 컬러였고 그 위에 파란 망토를 걸친 스타일이었다.

디자인에는 대부분 호평을 보냈고 여자들은 서로의 모습을 칭찬했다.

그러자 옆에서 메이가 부러워했다.

“여러분, 멋있어요! 좋겠다……. 저도 입고 싶은데…….”

마법사로서의 재능에 눈을 뜨고 마력 제어 훈련을 시작한 메이에게는 우리의 전투복이 마냥 부럽게만 보였나 보다. 갖고 싶다는 말을 꺼냈다.

이걸 주문했을 때는 메이를 만나기 전이었으니…….

그렇다고 어린애 혼자만 따돌리는 것도 약간 죄책감이 들었다.

“그럼 메이도 만들어줄까?”

“정말로?! 신 오빠!”

“응, 어떤 디자인이 좋아? 우리랑 같은 걸로?”

“여러분이 입으신 것도 멋지지만…… 전 귀여운 게 좋아요!”

그렇군. 귀여운 마법복이라. 그럼 조금 신경 써서 디자인 해볼까?

“신, 응석을 너무 받아주지 마.”

“뭐 어때. 이 정돈.”

메이만큼 귀여운 애라면 마법소녀풍의 큐트한 디자인이 잘 어울리려나?

실제로 전장에 나갈 것도 아니니 괜찮겠지?

“하아…… 넌 애가 생기면 팔불출이 될 것 같군.”

“확실히 그럴지도.”

나는 오그의 말을 부정할 수 없었다. 정말로 그렇게 될 것 같았으니까.

“팔불출인 신 군…….”

그러자 시실리가 뭔가 망상을 하면서 몸을 배배 꼬았다.

“뭐, 그것도 돌아온 후에 하자. 그럼 옛날 우리 집 근처에 게이트를 열 테니까 메이는 오늘 여기 남아 있어.”

“하긴 저희는 여러분의 토벌에 방해가 될 테니까요. 알았어요.”

"조심해서 다녀오세요!"

그렇게 두 사람의 배웅을 받은 우리는 늘 가는 황야가 아니라 예전에 할아버지와 함께 살았던 집 근처로 이동했다.

이 부근도 구 제국에서 마물들이 넘어왔는지 전보다 수가 많았다.

"그럼 이제 대형 마물은 너끈히 토벌할 수 있을 테니 이번에는 재해급을 노려볼까."

"……넌 아무렇지 않게 엄청난 소릴 하는군."

"그래? 사실은 대형 곰 마물도 마법만 써서 쓰러트릴 뻔했잖아."

"난 마법만으로 해치웠어!"

"아, 앨리스 폭주 사건 말이군."

"잠깐! 내가 무슨 린도 아니고!"

"앨리스. 나한테 실례야."

"그치만 폭주라고 하면 린이라는 이미지가……."

"그랬지. 난 폭주 마법소녀."

"아니…… 그거 칭찬한 거 아닌데……."

"그래?"

린과 대화하면 항상 핀트가 어긋나는 느낌이다.

"소형이나 중형은…… 일단 토벌해둘까. 토벌 수가 소재로 돈이 들어오니까."

다들 색적 마법으로 주위의 마물을 물색했다.

그리고 잠시 후—.

"아…… 이건……."

시실리가 가장 먼저 눈치챘다.

그녀는 회복 마법이나 방어 마법 같은 지원형 마법이 특기인 만큼 색적 마법도 연구회 멤버 중 가장 능숙했다.

시실리가 주시하는 방향으로 의식을 집중한 다른 일행도 잇따라 눈치챘다.

"정말이네요. ……지금까지의 마물과는 마력의 크기가 전혀 달라요. 시실리 씨, 이렇게 멀리 있는데 용케도 눈치채셨네요."

자칭 마을 소녀인 올리비아도 직접 마력 감지를 쓰면서 감탄했다.

"합동훈련 때도 출몰했으니까요. 그때는 신 군이 눈 깜짝할 사이에 토벌했지만요……."

그때 일을 떠올렸는지 시실리가 약간 게슴츠레한 눈으로 이쪽을 바라보았다.

역시 니킥이 문제였나.

"괜찮아. 다들 그 정도는 할 수 있게 성장했으니까."

나는 첫 재해급 토벌을 앞에 두고 불안해하는 일행을 격려했다.

"그리고 완벽한 방어력을 자랑하는 새 전투복이 있으니까

어지간해서는 다칠 일도 없을 테고."

그래도 불안해했다.

뭐, 실제로 체험해보면 쓸데없는 걱정이었다는 걸 알겠지.

긴장한 일행을 격려하거나 달래는 사이에 마침내 마물이 눈으로 확인할 수 있는 위치까지 다가왔다.

"사자인가……. 시실리, 내가 전에 한 말 기억해?"

"예. 호랑이는 힘은 약하지만 재빠르고 사자는 힘은 강하지만 움직임이 굼뜨다……고 하셨죠?"

"응. 정답이야."

"하으……."

아, 무심결에 머리를 쓰다듬고 말았다. 다른 애들의 시선이 따가워!

"으흠! 아~ 그런 고로 힘이 세니까 접근하는 건 그다지 추천하지 않아요. 그럼?"

"멀리서 마법 공격임까?"

"정답."

그런 고로 멤버들만으로 토벌해보라고 하자.

나와 우리를 따라온 할아버지와 할머니를 제외해도, 다른 열한 명이 한꺼번에 공격하는 건 화력 과잉일 테니 먼저 멤버 중 절반만 싸워보기로 했다.

방출형 마법을 잘 못 쓴다던 율리우스, 지원형 마법이 특기인 시실리, 부여 마법이 특기인 유리, 그리고 마크와 올리비아부터였다.

“이건…… 지원형 마법이 특기인 멤버들뿐이군. 괜찮겠어?”

“아마…… 난 이것도 지나치다고 봐.”

다들 반신반의하는 기색이었지만, 실제로 경험해보면 알겠지.

“그럼 다섯이서 일제히 마법을 날려보자.”

나는 생각할 시간을 주지 않고 마법을 쓰라고 지시했다.

“준비 다 됐지? 그럼…… 발사!”

내 신호와 동시에 율리우스가 불꽃의 화살을, 시실리가 물의 창을, 유리는 바람의 칼날을, 마크는 불꽃의 창을, 올리비아는 물의 화살을 날렸다.

그러자 한 곳으로 집중해서 날린 마법들이 엄청난 소리를 내며 폭발했다.

그리고 그 자리에 남은 것은―.

“아…… 역시 화력이 지나쳤네.”

재해급으로 지정된 마물 사자의 잔해뿐이었다.

마법을 날린 당사자들은 자신들이 쓴 마법의 위력에 경악했다.

아무래도 황야에서 연습하는 건 구체적인 위력을 파악하기 어려운 게 문제다. 그냥 황야에 마법을 날리기만 할 뿐이니까.

하지만 이걸로 쓸데없는 걱정이었다는 걸 깨달았겠지.

이미 다들 이 정도의 실력은 갖추고 있었다.

"어때? 원래 공격 마법을 잘 못 쓰는 사람들도 이 정도라고? 나머지 여섯 명은 공격 마법이 특기였지? 충분히 혼자서 토벌할 수 있지 않을까?"

멤버들은 내 말에 당혹스러움을 감추지 못했다.

"아무리 그래도 혼자서는 무리야."

"아니…… 솔직히 그리 어려운 일이 아닐 것 같은 기분이 드는군."

"아마도 가능해."

"나도 할 수 있을 것 같은데."

마리아는 자신이 없어 보였지만, 오그와 린과 토니는 긍정적으로 대답했다.

"왠지 우리들까지 인간의 영역을 벗어난 것 같은 기분이 들어!"

"저도 왠지 그런 기분이 들기 시작하네요……."

앨리스가 뭔가 마음에 걸리는 발언을 하자 토르가 동의했다. 아무튼 두 사람도 재해급의 솔로 토벌 성공 가능성을 크게 점친 것 같았다.

나는 그런 공격 마법이 특기인 멤버들을 위해 다음 재해급 마물을 찾아보려고 색적 마법을 전개했다.

그러자 그 보기 드물다는 재해급 마물이 다수 포착되었다. 사자와 호랑이, 초대형 곰도 있었다.

이것도 구 제국에서 마물이 급증한 영향이겠지.

정말로 민폐라니까. 슈트름 자식.

그런 고로 다음 표적도 금방 정해졌다.

"흠, 이 반응은 호랑이겠네. 그렇다면?"

"마법으로 견제하면서 물리 공격으로 싸워야겠지."

실제로 내가 마물 호랑이와 싸우는 걸 본 적이 있는 오그가 바로 대답했다.

"맞아. 누가 가볼래?"

"그럼 내가 나서볼까."

그렇게 말한 토니는 이공간 수납고에서 바이브레이션 소드를 꺼내며 앞으로 나섰다.

검술이 능숙한 그를 위해 만들어준 물건이었다.

"그럼 다녀올게. 위험해지면 지원 부탁해."

"알았어. 힘내."

"좋아. ……간다!"

토니는 바람의 마법을 몸에 두르고 마물 호랑이를 향해 고속으로 돌진했다.

그러자 마물 호랑이가 반사적으로 회피 행동을 취했지만, 토니가 더 빨랐다.

피하는 게 늦은 마물 호랑이를 향해 바이브레이션 소드를 휘두르자 다리 하나가 잘렸다.

그 공격으로 균형을 잃은 마물 호랑이가 착지에 실패해서 넘어졌고, 토니는 즉시 불꽃의 마법을 날렸다.

넘어진 채로 마법에 맞은 마물 호랑이가 움직임을 멈추었다.

그 틈을 놓치지 않고 남은 다리를 하나 더 자른 토니는 그대로 목을 노리고 아래에서 위로 바이브레이션 소드를 휘둘렀다.

그러자 마물 호랑이의 목이 스르륵 떨어졌고, 몸통도 큰 소리를 내며 바닥에 쓰러졌다. 토니의 재해급 마물 단독 토벌은 성공적으로 완료했다.

"……굉장해……."

"응. 아무런 위기 없이 혼자서 토벌했군. ……신이 아닌 토니가."

"그런데 저 정도라면 나도 할 수 있을 것 같아."

"그런 생각이 드는 게 이상한 거지만…… 저도 그럴 것 같네요."

"저게 평범하게 보이는 게 신기해!"

마리아가 솔직한 감상을 말하자 오그는 내가 아닌 다른 사람이 재해급을 혼자서 토벌했다는 사실에 한숨을 내쉬었다.

그리고 린과 토르는 자신들도 가능할 것 같다는 반응이었다.

앨리스도 토니의 전투를 특별하게 인식하고 있지 않았다.

다들 이제야 겨우 자신들이 강해졌다는 사실을 실감한 모양이었다.

뭐, 난 황야에서의 훈련에서 마법의 위력을 봤을 때부터 알고 있었지만 말이지.

그래서 이렇게 토벌을 해보자는 말을 꺼낸 거였다.

"정말로 너희들은…… 터무니없는 집단이 된 거구나……."

"허허, 좋은 일이지 않나."

할머니는 비상식적인 집단의 탄생에 머리를 감싸 쥐었고, 할아버지는 기뻐했다.

할머니에게는 미안하지만, 사실 내가 보기엔 아직도 많이 부족했다.

그리고 남은 멤버들도 단독으로 재해급 마물의 토벌을 경험한 후에 오전 훈련을 마쳤다.

참고로 마물 헌터 협회에서 보수를 정산하자, 익스체인지 소드의 아이디어료를 받은 토니를 제외한 평민 출신 멤버들이 춤을 추면서 기뻐할 정도의 돈이 들어왔다.

"오라버니, 토벌 성과는 어떠셨어요?"

"아, 난 호랑이 두 마리랑 곰 한 마리였다."

"호랑이?! 곰?!"

그 말을 들은 에리가 비명을 질렀고 고용인들이 술렁였다.

"아, 아우구스트 님! 몸은 괜찮으세요?!"

"응? 아…… 그렇군. 이게 평범한 반응이었지……."

주위가 경악했지만, 오그는 한순간 의아한 표정을 지었다.

감각이 꽤 마비된 모양이다.

"그게 무슨 말씀이시죠?"

"아니…… 처음에는 당황했는데 다들 혼자서 토벌이 가능하더군. 끝에 가서는 다들 자기가 먼저 싸우겠다고 경쟁까지 했었지……."

"결국 제가 1등이었지만요."

"토니 군은 치사해! 검도 쓸 줄 아니까!"

확실히 앨리스의 말대로 이번 토벌에서는 바이브레이션 소드를 든 토니가 특히 더 활약했다.

"저기…… 지금 대체 무슨 말씀을 하시는 건가요? 재해급의 마물이라면 군대가 움직여야 할 수준의 안건이잖아요."

하긴 재해급 마물을 누가 가장 많이 토벌했는지 경쟁했다는 말은 외부인에게는 농담으로밖에 들리지 않았으리라.

예상했던 대로 에리도 어리둥절한 표정이었다.

"맞아요! 저도 안다구요! 군의 트라우마 제조기라면서요!"

"그걸 단독 토벌이라니, 경쟁이라니……."

"사실이니까 어쩔 수 없잖아. 우리도 슬슬 신의 터무니없는 짓에 어울려준 폐해가 드러나나 보군."

"아우구스트 님은 대체 언제부터 이런 괴물이 되신 건가요……."

"신이랑 같은 취급하지 마!"

"너무한 거 아냐?!"

다들 순조롭게 강해졌다. 이 상태라면 마인을 상대로도

싸워볼 만할 것 같았다.

멤버들은 훈련 성과를 실감하면서 오늘 훈련을 마쳤다.

참고로 오늘의 마법 실험은 부유 마법의 속편이었다.

나뿐만 아니라 다른 사람에게도 부유 마법을 걸 수 있는지.

그리고 제어할 수 있는지 시도해봤다.

그 결과는―.

"신 오빠! 즐거워요!"

"아핫! 기분 좋아!"

"아하하하! 굉장해!"

다 같이 하늘을 날았다.

드디어 하늘을 날게 된 메이가 특히 매우 기뻐했고, 마리아와 앨리스를 비롯한 모두도 즐거워 보였다.

앞으로의 전투를 위해 개발한 마법이었지만 이런 식으로 오락을 위해 쓰는 것도 나쁘지 않을지도 모르겠다.

그런 생각을 하고 있자니 지상에 내려온 오그가 한 가지 지적을 했다.

"그런데 나는 중에는 목소리가 안 들리더군."

"아, 그런가. 방법이 없을지 생각해볼게."

바람 소리가 어마어마하니까 말이지. 오토바이를 탈 때 목소리가 안 들리는 것과 같은 상황이었다.

새로운 문제점을 발견했으니 오늘은 충분히 성과가 있었다.

◆

마물 토벌 훈련을 추가한 후 며칠이 지났다.

소형, 중형, 대형, 재해급을 계속 토벌하자 보수도 그만큼 쌓았다.

연구회의 모두는 그 토벌 보수에서 전투복의 대금이라는 명목으로 나에게 돈을 주었다.

난 필요 없다고 했지만, 공짜로 받는 건 미안하다는 강경한 대답 끝에 결국 내 계좌의 잔액은 원상태로 돌아왔다.

아니, 오히려 마물의 토벌 보수도 적지 않게 들어왔으니 더 늘어났다.

전생에서는 항상 돈을 쪼들려 산 탓에 이런 거금이 생겨도 어디에 써야 할지 영 모르겠다.

아일린 씨에게 그런 말을 하자, 그녀는 어쩔 수 없다는 얼굴을 했다.

"경제적으로 여유가 있는 사람에게 딸을 시집보내는 건 부모로선 환영할 만한 일이야. 신 군의 자산이 늘어나는 건 우리도 바라던 바지. 혹시 자산을 어떻게 운용해야 할지 모르겠다면 얼마든지 상담하렴. 이래 보여도 우리 집은 영지도 경영하고 있는 자작가니까."

그러고 보니 그랬다. 내 장인과 장모가 될 사람들은 막대한 자산을 운용하는 귀족이었다. 이런 상담을 하기에는 최적의 상대이니 잘 배워보자.

"클로드 부인. 앞으로 신에게는 전 세계로 풀릴 통신기의 수익이 들어올 걸세. 그러니 상회를 세우는 편이 좋지 않겠나?"

"하긴 그러네요. 신 군, 도사님의 지인 중에 혹시 상회를 운영하시는 분은 없니?"

자산 운용에 관해 뭘 물어봐야 좋을지 고민하고 있자 오히려 아일린 씨에게 질문을 받았다.

"왜 할머니예요? 할아버지가 아니라."

"어머, 혹시 몰랐니? 지금 일상에서 쓰는 생활용 마도구는 대부분 도사님께서 발명하신 거란다."

"그 이야기는 저도 들은 적 있어요."

"그 이권은?"

"아…… 그건 잘 모르겠네요."

"도사님의 발명품은 전 세계에 퍼져 있잖아? 개인이 관리할 수준이 아니야. 아마 어딘가의 상회와 계약을 맺으신 거겠지."

듣고 보니 그랬다.

할머니는 산골에 은거 중이니 자신이 개발한 마도구의 이권을 관리하는 사람이 있는 게 당연했다.

"아…… 그래서 톰 아저씨일지도."

"톰 아저씨?"

"톰 허그라는, 허그 상회의 대표예요. 옛날부터 자주 저희

집에 왔고 예전에 할아버지한테 신세를 졌다는 말을 들은 적도 있었는데 아무래도 용건이 있는 건 할아버지가 아니라 할머니였나 보네요."

"허그 대표와 아는 사이야?!"

옆에서 이야기를 듣고 있던 앨리스가 고함을 질렀다.

그러고 보니 앨리스네 아버지는 허그 상회의 경리 담당이랬던가.

"응. 말한 적 없었나?"

"없어!"

"허그 상회인가. 흠, 확실히 거긴 마도구의 종류가 다양하고 품질이 좋기로 유명한 상회였지. 도사님과 거래를 맺은 상회는 거기였나 보네."

아, 혹시 비밀이었나?

마침 온천에서 나온 할머니가 근처를 지나갔다.

"할머니, 미안. 혹시 톰 아저씨에 관한 건 비밀이었어?"

"응? 아아, 상관없단다. 딱히 비밀로 하고 있었던 것도 아니니까."

다행이다……. 아일린 씨의 말투로 봐선 드디어 거래 상대를 찾아냈다! 같은 분위기여서 조금 불안했었다.

"우후훗, 신 군은 귀엽네. 놀리는 보람이 있어."

"클로드 부인도 알겠나. 예상했던 대로의 반응이 돌아오니까 나도 모르게 놀리고 싶어져."

"이해합니다, 전하."

"잠깐! 오그! 아일린 씨!"

"것 봐."

"예."

"어? 이것도?"

큰일 났다! 오그뿐만 아니라 장모님까지 놀리면 내 정신이 못 버틸 거야!

"어머니도 참, 그만 하세요. 신 군이 가엾잖아요."

그러자 시실리가 내 편을 들어주었다. 잘한다! 힘내!

"어머, 미안. 하긴 자기 남편을 놀리는데 기분이 좋을 리가 없겠지."

"남편……."

큰일 났다! 새빨개져서 몸을 배배 꼬기 시작했다. 시실리까지 장모님의 화술에 넘어갔어!

속공으로 백기를 든 시실리에게 아연실색하기도 했지만, 클로드 가문의 사람들과는 이런 식으로 양호한 관계를 맺었다.

결국 통신기에 관한 문제는 내가 톰 아저씨에게 가르침을 받으면서 직접 상회를 세우는 편이 나을 거라는 결론에 도달했다.

뭐, 아직은 긴급용으로만 쓰고 있으니 서두를 필요는 없겠지.

◆

마법 훈련을 하거나 클로드 영지의 사람들과 교류를 하는 사이에 왕도에서의 약혼 피로연 날이 찾아왔다.

연회장은 왕도에 있는 클로드 가문의 저택이었다.

이번에는 클로드 가문의 관계자와 우리 집의 관계자를 초대했다고 들었다.

저쪽은 몇 명이나 오는지 모르겠지만, 우리 쪽은 내 생일을 축하해줬던 사람들과 추가로 담임인 알프레드 선생님 정도였다.

인원이 적은데 괜찮으려나?

"정말이지…… 대체 무슨 소리를 하시는 겁니까. 신 님……."

"수는 적지만 질이……."

그러자 토르와 마리아가 어처구니가 없다는 말투로 반응했다.

"국왕 폐하, 기사단 전 총장, 기사단과 마법사단의 아이돌, 왕도 제일의 상회 대표. 게다가 본인은 현자님과 도사님의 손자. 알프레드 선생님이 불쌍해."

"동감이에요. 저라면 출석을 거부했을지도 모르겠어요……."

"나도 올리비아 씨의 말에 찬성해~. 도중에 선생님을 좀 신경 써 드려야겠는걸……."

유리까지 선생님을 걱정했다.

……그러고 보니 그러네. 옛날 집에서부터 그런 직함 같은 건 모르고 지낸 관계라 아무래도 나에겐 대단한 사람들이라는 감각이 희박했다.

새로 추가된 사람은 알프레드 선생님뿐인데, 선생님에게는 그런 거창한 직함 같은 건 없었다.

……괜찮겠지?

참고로 오늘 연구회 멤버들은 전원 교복 차림이었다.

그리고 슬슬 옷을 갈아입을까 싶었는데 마침 우리가 모여 있는 방 문을 누군가가 노크했다.

"예. 들어오세요."

내 대답을 듣고 열린 문 너머에는 세 명의 남녀가 서 있었다.

"오라버니! 언니!"

놀랍게도 처음으로 만나는 시실리의 오빠와 언니들이었다.

"오오, 시실리! 오랜……."

"아앙~! 시실리, 오랜만이야!"

"더 귀여워졌네!"

우웃. 두 여성은 형님인 듯한 남성을 밀쳐버리더니 시실리를 덥석 끌어안았다.

세실 씨에게 들은 대로 형님은 동생들에게 약하구나.

그런 열렬한 환영을 받은 시실리는—.

"아으…… 언니들…… 답답해요……."

시실리처럼 스타일이 좋은 언니들 사이에 껴서 숨 막혀 했다.

앨리스, 린. 가슴에 손을 대고 탄식하지 마.

"오랜만에 만난 귀여운 동생인걸! 조금 정돈 참아!"

"맞아요! 그 귀여운 동생의 약혼 피로연이라니…… 그 소식을 아버지에게 처음 들었을 땐 엄청 슬펐다구요!"

우와…… 처형들, 시실리를 엄청 귀여워하고 있잖아!

이건 혹시 그건가? 너 같은 놈에게 우리 귀여운 동생은 못 줘! 라는 말을 듣는 패턴?

"당신이 신 군?"

"아, 예!"

역시!

"흐응……."

우오오, 쳐다본다! 뚫어지게 쳐다보고 있어!

푸른 머리의 처형은 마치 값을 매기는 것 같은 눈으로 날 이리저리 훑어본 후 한숨을 내쉬었다.

"……하아, 내 귀여운 동생에게 손을 댄 말 뼈다귀가 대체 누구냐고 트집이나 잡을까 했는데……."

"현자님과 도사님의 손자인 데다 미남에 부자. 그리고 본인도 현자님을 뛰어넘은 마법사라니…… 트집 잡을 구석이 전혀 없잖아……."

"아, 감사합니다……."

푸른 머리의 처형뿐만 아니라 금발의 처형도 한숨을 내쉬었다.

오? 아무래도 이벤트를 피한 모양이다!

그러자 옆에서 그 모습을 지켜보던 할아버지와 할머니가 두 처형에게 말을 걸었다.

"허허, 우리 손자는 어떤가? 인정해주는 겐가?"

"당연한 소릴. 누구 손자인데?"

"아?"

"혹시 현자님? 도사님?"

"신의 할애비인 멀린일세."

"내가 할머니인 멜리다란다."

할아버지와 할머니의 자기소개를 들은 처형들은 직립 부동 자세로 뻣뻣이 굳어버렸다.

"이, 인사드리는 게 늦어서 죄송합니다! 시실리의 언니이자, 클로드 자작가의 장녀인 세실리아 폰 클로드라고 합니다!"

"저, 저도 시실리의 언니이자, 클로드 자작가의 차녀인 실비아 폰 클로드입니다! 만나 뵙게 돼서 영광이에요!"

푸른 머리 처형의 이름이 세실리아고 금발 처형의 이름이 실비아였구나.

두 사람은 조금 전까지 날 품평할 때와는 전혀 다른 존경심이 가득 담긴 눈으로 할아버지와 할머니를 응시했다.

"허허, 손자며느리의 언니들이었나. 너무 긴장할 것 없네."

"맞아. 이젠 한 가족이니 편하게 대해주렴."

"혀, 현자님과 도사님의 가족……."

"아아…… 이거 꿈 아니지?"

감동에 잠겨서 몸까지 떨고 있었다.

잠시 그렇게 가만히 서 있던 두 사람은 시실리를 향해 고개를 돌렸다.

"시실리!"

"왜요? 세실리아 언니."

"잘했어! 시실리! 널 시집보낼 생각은 전혀 없었는데…… 이건 최고야!"

"맞아! 넌 최고의 배우자를 찾은 거야! 시실리!"

둘 다 엄청나게 날 칭찬했다.

조금 전과 완전히 태도가 달라진 두 사람은 갑자기 뭔가를 떠올린 듯 이쪽으로 고개를 홱 돌렸다.

너무 갑작스러워서 깜짝 놀랐다고!

"신 군!"

"아, 예!"

"내가 장녀인 세실리아야. 시실리랑 같이 앞으로 잘 부탁해!"

"전 차녀인 실비아예요. 저도 잘 부탁드릴게요."

"예, 저야말로 잘 부탁드립니다!"

"어머, 성격도 착실해 보이는걸?"

"응. 시실리랑 어떤 식으로 만났는지 궁금해."

조금 전까지만 해도 귀여운 동생을 훔쳐간 도둑놈을 쳐다

보는 눈이었던 처형들은 이제 자신들도 할아버지와 할머니의 가족이 된다는 걸 깨닫자마자 갑자기 태도를 바꾸고 우리를 축복해주었다.

할아버지와 할머니의 명성이 고맙게 느껴진 건 이번이 처음이었다.

장녀인 세실리아 씨는 약간 나이를 더 먹은 시실리가 아일린 씨처럼 돼가는 도중이라는 느낌. 셋이 나란히 서 있으면 성장 과정 같아서 재미있었다.

차녀인 실비아 씨는 세실 씨를 닮은 건지 아름다운 쇼트커트의 금발이었고 푸른 눈동자도 세실 씨와 똑같았다.

둘 다 시실리처럼 스타일이 좋은 미인이었다.

그런데 사실 난 그보다 더 신경 쓰이는 일이 있었다.

"저기……."

"왜? 신 군."

"아, 그게…… 그쪽에 웅크려 계신 분은……."

그렇다. 아까 가장 먼저 방에 들어왔지만, 처형들이 밀쳐버린 남성. ……아마도…… 아니, 틀림없이 저 사람은…….

"로이스 씨이신가요?"

"아, 알아보겠어? 신 군!"

"그야 뭐…… 시실리의 오빠이신걸요."

"그렇군! 이야~ 믿음직한 매제가 생겨서 기뻐! 아, 나는 로이스 폰 클로드. 클로드 자작가의 장남이야."

형님은 내가 자신의 존재를 눈치채주자마자 기운을 차렸다.
……평소에는 어지간히 처형들에게 눌려 살았나 보다.
"신 월포드예요. 앞으로 잘 부탁드려요, 로이스 씨."
"나야말로! 그리고 현자님, 도사님. 처음 뵙겠습니다. 클로드 자작가의 장남인 로이스 폰 클로드라고 합니다. 앞으로 잘 부탁드리겠습니다."
"난 멜리다. 나야말로 잘 부탁해."
"멀린일세. 로이스 군."
"아, 예!"
"……자네도 고생이 많았나 보군. 이해하네. 힘내게!"
"현자님…… 흑, 감사합니다……."
어째선지 감동적인 분위기가 조성되기 시작했다.
하긴 할아버지도 요즘 자주 공기 취급을 당했으니…… 비슷한 처지에 공감한 걸까.
힘내! 할아버지! 로이스 씨!
"이거 참, 신 주위는 늘 떠들썩하군."
"어? 아, 아우구스트 전하?!"
"어, 어째서 이런 곳에?!"
"어쩌고 자시고 난 두 사람과 같은 연구회의 멤버에 친구이기도 해. 참석해도 이상할 건 없잖아?"
"아! 죄송합니다! 전하를 무시하려는 의도는……."
"아, 신경 쓰지 마. 방금 말했듯 오늘은 두 사람의 친구로서 참석한 거니까 말이지."

"두 분을 맺어준 장본인이시기도 하구요."

에리의 말에 처형들이 깜짝 놀랐다.

그리고 다시 오그에게 감사의 말을 전했다.

"그런 큰 도움을 주신 줄도 모르고 무례한 태도를 보여서 죄송합니다."

"그리고 두 사람을 맺어주신 것을 언니로서 감사드립니다."

뒤늦게 눈치챈 로이스 씨도 황급히 무릎을 꿇었다.

"저, 전하! 인사드리는 게 늦어서 죄송합니다. 그리고 동생의 약혼에 도움을 주셔서 정말 감사합니다."

할아버지와 의기투합하느라 정신이 팔렸었나 보다.

마음이 잘 맞았나?

공기 동맹…… 왠지 슬픈 울림이네…….

우리가 아직 옷을 갈아입지 않아서 처형들과 형님은 피로연 준비를 돕겠다며 방을 나갔다.

"하아…… 긴장했어요."

"친오빠랑 언니들인데?"

"언니들은 늘 제 배우자를 정할 때는 직접 꼭 검증해봐야겠다고 하셨거든요. ……신 군이라면 괜찮을 거라고 생각했지만, 막상 닥치고 보니……."

"뭐, 무슨 소릴 들을지 모르니까."

"할아버님과 할머님 덕분이네요. 우리 사이를 바로 인정해주셨어요.”

시실리에게 할아버님, 할머님이라고 불린 두 사람이 헤실헤실 웃고 있었다. 진심으로 기뻐 보였다.

시실리도 옷을 갈아입기 위해 방을 나갔고, 나도 옷을 갈아입었다.

마침내 시간이 되자 옷을 갈아입은 시실리가 방으로 돌아왔다.

전에 클로드 영지에서 한 약혼 피로연에서 입었던 것보다 약간 어른스러운 느낌의 파란 드레스에는 프릴이 거의 달려 있지 않았다.

헤어스타일은 저번처럼 머리를 위로 틀어 올렸고 액세서리는 저번보다 호화스러웠다.

살짝 화장을 해서 그런지 내 눈에는 한층 더 어른스럽고 아름답게 보였다.

“그럼 가볼까.”

“예.”

우리는 팔짱을 끼고 연회장으로 나갔다.

할아버지와 할머니는 그런 우리 뒤에서 따라왔다.

연회장에 나와 있으면 소란이 벌어질지도 모르니 우리와 동시에 등장하기로 했기 때문이다.

연회장이 가까워지자…… 우와, 엄청 많이 왔나 보네. 대체 몇 명이지?

어째 소란스럽기도 하고.

아, 그러고 보니 디스 아저씨는? 설마 벌써 연회장에 있는 거야?

『여러분, 오래 기다리셨습니다. 오늘 이 자리의 주인공들께서 등장하실 예정입니다. 아무쪼록 힘찬 박수로 맞이해주시길 바랍니다.』

확성 마도구를 통해 클로드 가문을 섬기는 집사의 목소리가 들렸다. 그리고 문이 열렸다.

뭐랄까…… 전생에서 참석했던 선배의 결혼 피로연 같은 느낌이다.

문이 열리자 성대한 박수가 쏟아졌다.

마치 버진 로드처럼 길이 생겼고 그 앞에는 세실 씨와 아일린 씨와 디스 아저씨가 있었다.

역시. 그래서 소란스러웠던 거군.

할아버지랑 할머니보다 우리를 더 신경 써달라고!

우리를 축하하는 자리인데 무심코 태클을 걸고 싶은 충동이 드는 것을 참느라 고생했다.

"오늘 신 월포드, 시실리 폰 클로드의 약혼은 나, 디세움 폰 알스하이드가 입회인의 자격으로 승인하려 한다. 양가에 이의는 없나?"

디스 아저씨가 그렇게 말하자 보호자들이 묵묵히 고개를

끄덕였다.

"그럼 두 사람의 약혼을 여기서 승인한다."

그 말이 끝나는 동시에 성대한 박수가 울려 퍼졌다.

"딱딱한 인사는 여기까지만 하지. 그럼 제군, 잔을 들게. 전도유망한 두 젊은이의 장래를 축복하며…… 건배!"

""건배!""

마침내 약혼 피로연이 시작됐지만, 그 후가 더 큰일이었다.

시실리의 친척들이 잔뜩 몰려와서 축하의 말을 건넸으나 내 입장에선 전부 처음 만나는 사람들이다 보니 정신적인 피로가 장난 아니었다.

"축하해. 역시 너흰 사귀는 사이였나 보네."

"뭐, 그런 뜨거운 분위기를 풍기는데 눈치채지 못하는 게 더 이상하죠. 축하해요, 신. 시실리 양."

모르는 사람들 사이에서 축 늘어져 있자 드디어 내가 아는 사람들이 다가왔다.

"지크 형…… 크리스 누나……."

"어째 피곤해 보인다?"

"다들 처음 만나는 사람들뿐이라 긴장해서……."

"신도 긴장을 할 줄 아나요?"

"크리스 누나는 대체 날 뭐라고 생각한 거야!"

"미안, 신. 나도 그렇게 생각했어."

"너무해!"

클로드 영지에서의 피로연에 참가하지 못했던 지크 형과 크리스 누나가 와준 덕분에 겨우 한숨 돌렸다. 정말 엄청 긴장했다.

그리고 잠시 지크 형과 크리스 누나와 환담을 하고 있자 내 지인이 한 명 더 다가왔다.

"오랜만이구나, 신. 그 꼬맹이가 약혼이라니 세월 참 빠르군."

"아, 오랜만. 미셸 아지씨."

내 검술 스승인 미셸 아저씨였다.

"흠, 단련은 꾸준히 하고 있나 보군."

"뭐, 요즘 정세가 이러니까 말야. 준비는 착실히 해둬야 할 테니까."

"좋은 마음가짐이다."

내가 단련을 게을리하지 않았다는 것을 확인한 미셸 아저씨가 만족스럽게 고개를 끄덕였다.

여전히 육체파다운 사고방식이었다.

나는 그런 육체파 스승에게 시실리를 소개했다.

"아, 소개할게. 나랑 약혼해준 시실리야."

"처, 처음 뵙겠습니다! 검성님! 이번에 신 군과 약혼하게 된 시실리 폰 클로드라고 합니다. 앞으로 잘 부탁드립니다."

"나야말로. 미셸 컬링일세, 아가씨. 신은 갓난아기일 때부터 현자님들과 함께 돌본 녀석이다 보니 조카처럼 여기고 있지. 아가씨도 그런 식으로 편히 대해주면 고맙겠군."

"아, 예! 영광입니다!"

그러고 보니 시실리……라기보다 연구회 멤버들은 미셸 아저씨와 오늘 처음 만나는 거였던가. 시실리는 엄청 감격한 표정이었다.

나에게는 그냥 스파르타식 육체파 스승일 뿐이지만…….

즐겁게 대화를 나누는 시실리 옆에서 미셸 아저씨와의 지옥 같았던 특훈을 떠올리며 먼 곳을 바라보고 있는 사이에 내 지인이 한 명 더 다가왔다.

"축하드립니다, 신 씨. 오랜만이네요."

"아, 톰 아저씨. 오랜만에 뵙네요."

허그 상회의 대표인 톰 아저씨였다.

상회 일로 용건이 있어서 오늘 가장 만나고 싶었던 사람이다.

"후후, 그 조그맸던 신 씨가 벌써 약혼이라…… 세월이 지나는 게 빠르군요."

"다들 똑같은 반응이네. 난 꽤 느리게 간 느낌이었는데."

"어릴 때는 다들 그런 법이죠. 그리고 남의 집 아이의 성장은 더 빠르게 느껴지기 마련이니까요. 실제로 신 씨의 성장은 유독 빠른 편이기도 했고요."

"그렇게나 빨랐나요?"

톰 아저씨의 말에 관심이 생겼는지 시실리가 대화에 끼어들었다.

"오, 인사가 늦어서 미안하군요. 아가씨. 저는 허그 상회의 대표를 맡고 있는 톰 허그라라고 합니다. 앞으로 기억해주시길."

"시실리 폰 클로드예요. 저야말로 잘 부탁드립니다. 그건 그렇고 신 군의 성장이 유독 빨랐다고 하셨는데…… 그게 무슨 뜻인가요."

"아, 전 멀린 님 댁에 자주 일용품을 납품하러 가곤 했습니다만……."

"예? 대표님께서 직접요?"

"예. 멀린 님과 멜리다 님은 제 은인이시니까요. 다른 사람에게 맡길 수 있을 리가 없지요. 그래서 납품을 하러 갈 때마다 신 씨에게 책을 가져다주곤 했습니다만…… 갈 때마다 책이 어려워지더군요. ……정말 머리가 좋은 아이였습니다."

"와, 그랬군요."

"최종적으로는 마법의 최고 연구 기관인 마법학술원의 논문까지 읽기 시작했고…… 게다가 그 내용에 관한 의견까지 요구하더군요. 당시 멀린 님과 멜리다 님, 그리고 폐하의 당황하신 얼굴은 지금도 잊을 수가 없습니다."

"그, 그런 일이…… 하지만 왠지 상상이 가네요."

"그렇지요? 게다가 방문할 때마다 지식수준이 월등히 높아지는 게 아닙니까. 그야 세월의 흐름을 빠르게 느낄 만도 했지요."

시실리와 톰 아저씨가 이상한 부분에서 의기투합했다.

그야 뭐, 난 다른 세상에서 왔으니…… 알고 싶은 게 워낙 많아서 세월의 흐름을 느리게 느꼈던 걸까?

“아, 맞아. 톰 아저씨. 나중에 상담 좀 해줄래?”

“어라? 무슨 상담인가요?”

“그게…… 내가 먼저 이야기를 꺼내놓고 이런 말을 하긴 미안한데, 여기서는 좀…… 할머니한테 먼저 자세한 이야기를 들어주면 안 될까?”

“예, 그렇게 하죠. 그럼 바로 가보겠습니다.”

톰 아저씨는 그렇게 말하며 할머니가 있는 곳으로 떠났다.

뒷일은 할머니에게 맡기면 되겠지.

이제야 겨우 근심을 덜었구나 싶었지만—.

“……월포드…….”

“우왓! 깜짝이야. 왜 그러세요? 알프레드 선생님.”

어째선지 초췌해진 느낌의 알프레드 선생님이 내 뒤에 서 있었다.

“왜고 자시고! 너희의 약혼 피로연에 초대해준 건 기뻤다만, 왜…… 왜 내가 월포드 가문의 초대객 신분인 거냐!”

“어? 그럼 안 되나요?”

“……다른 초대객은?”

“아…… 디스 아저씨랑 미셸 아저씨, 지크 누나랑 크리스 누나랑 톰 아저씨였던가?”

“왜 내가 거기에 끼는 거냐고!”

"예? 그야 저희 선생님이니까요?"

"정말이지…… 너도 그분들과 한 번 같은 줄에 서봐라. 질투 섞인 시선이 끊임없이 날아와서 죽는 줄 알았다고!"

알프레드 선생님은 당장에라도 울음을 터트릴 것 같은 기색이었다.

아니, 지금도 눈가에 눈물이 살짝 맺혀 있었다.

그 정도로 괴로웠던 건가…….

왠지 나도 약간 죄책감이 들었다.

"어라~? 월포드 가문의 초대객인 알프레드 선배잖아요?"

그런데도 지크 형은 큰 목소리로 선생님을 불렀다.

틀림없이 일부러 저러는 거다.

"지크프리드! 큰 소리로 이름을 부르지 마!"

"크큭, 뭐 어때요. 신의 담임선생님답게 당당히 계시면 되잖아요."

"……넌 속 편해서 좋겠군."

"뭐, 전 옛날부터 신을 동생처럼 여겼으니까요. 초대 못 받았으면 오히려 실망했을걸요."

약간 쑥스러웠지만, 나도 형처럼 여기고 있었는데 서로 같은 생각을 하고 있었다는 걸 확인해서 무척 기뻤다.

"저도 동생처럼 여겼답니다."

크리스 누나도 그렇게 말했다.

"고마워, 크리스 누나."

"별말씀을."

피로연 후반은 이런 흐뭇한 분위기로 진행되었다.

알프레드 선생님은 마지막까지 불편해하는 느낌이었지만…….

그리고 피로연은 아무런 문제도 없이 무사히 끝났다.

……틀림없이 넌 시실리 양과 어울리지 않는다면서 시비를 거는 녀석이 나올 줄 알았는데, 결국 그런 이벤트는 없었다.

하긴 국왕님이 공인한 커플이니…….

몇 명이 날 죽일 듯한 눈으로 쏘아봤지만…… 아마 시실리를 노리고 있었던 거겠지.

하지만 오히려 나는 그런 시실리의 약혼자가 됐다는 사실에 우월감을 느꼈다.

우리의 약혼 피로연 다음 날에는 오그의 생일과 입태자의 의식이 겹쳤다.

의식은 왕성 앞에 마련된 무대에서 공개적으로 열릴 예정이었다.

나는 약혼 피로연에서 클로드 가문의 집사가 썼던 확성기……라기보다 통신용 마도구를 응용해서 만든 마이크와 스피커를 준비했다.

마이크에는 『음성 송신』, 스피커에는 『음성 수신』과 『확성』을 부여했다.

사실 어제 피로연에서는 시운전 삼아서 써본 거였다.

연회장에서 기다리고 있었던 지인들이 초대객들도 꽤 놀란 눈치였다고 알려주었다.

그리고 지금 우리는 의식을 준비 중인 오그의 대기실에 와 있었다.

"오…… 왠지 오그가 왕자님 같아."

"저기…… 왠지가 아니라 실제로 왕자님이신데요……."

의식용 옷을 입은 오그를 보자마자 나도 모르게 그런 평가를 내린 내 옆에서 시실리가 태클을 걸었다.

"……어째설까. 너희들 앞에서 이런 옷을 입고 있으려니 왠지 창피하군."

"아우구스트 님, 신 씨에게 너무 영향을 많이 받으셨어요. ……역시 그쪽 취향이셨나요?"

"잠깐! 어제 약혼 피로연까지 했잖아!"

"뭐, 그건 그렇고 아우구스트 님. 앞으로는 이런 기회가 늘어날 테니 예전 감각을 찾아주세요."

"그래, 나도 알아."

오늘은 다들 교복이 아니라 새 전투복을 입고 있었다.

실은 우리도 무대 위에 올라가서 의식을 지켜보기로 정해졌기 때문이었다.

그리고 왕성 앞이 사람들로 가득해지자 드디어 오그가 왕태자로 등극하기 위한 의식이 시작되었다.

오그가 먼저 무대에 등장하고 뒤를 이어서 국왕인 디스 아저씨가 나타나자 국민들의 환호성이 최고조에 도달했다.

디스 아저씨, 인기 많네.

내가 그런 생각을 하는 사이에 디스 아저씨가 오그에게 질문을 던졌다.

『나의 아들, 아우구스트 폰 알스하이드여. 그대는 왕태자로서 이 나라를 위해, 국민을 위해 신명을 바쳐 일할 것을 맹세할 수 있겠는가?』

『저는 이 나라를 위해, 국민을 위해 목숨을 바칠 것을 맹세하겠나이다.』

『음, 잘 말했다. 아우구스트, 그대를 왕태자로 인정하마. 앞으로 국민을 위해 더욱더 노력할 것을 기대하겠노라.』

『명을 받들겠사옵니다.』

마이크를 통해 스피커로 커진 두 사람의 목소리가 광장 전체에 울려 퍼졌다.

그러자 무대 앞에 모인 국민들이 어마어마한 환호성을 보냈다.

그렇게 국민들의 축복을 받으면서 의식을 마치려 한 순간, 한 병사가 무대 옆을 가로지르며 달려왔다.

숨을 헐떡이면서 전력을 다해 달려온 그 병사는 다른 병사들이 말리는 것을 뿌리치고 큰 소리로 외쳤다.

"보고 드립니다! 방금 스이드 왕국에서 통신으로 연락이 왔습니다!"

스이드 왕국은 알스하이드 왕국, 구 제국 양쪽과 국경이 맞닿은 작은 나라였다.

그런 곳에서 연락이 왔을 뿐만 아니라 급하게 달려온 병사의 표정도 심상치 않았다.

따라서 예상할 수 있는 일은…… 단 하나뿐.

"스이드 왕국에 마인이 다수 출현! 교전 상태에 돌입했다고 합니다!"

예상대로 마침내 마인이 움직였다는 보고였다.

"무례하다! 중요한 의식 중에 그런 보고를 올리는 멍청이가 세상천지에 어디 있나!"

의식의 경비를 맡은 기사가 병사를 질책했지만 이건 긴급사태다. 전혀 비난을 받을 만한 일이 아니었다.

"됐다! 그자를 문책하지 마라!"

나와 같은 생각을 한 사람의 목소리가 들렸다.

다만, 그 목소리의 주인은 디스 아저씨가 아닌 오그였다.

"전하……."

"잘했다. 마인의 출현에 관한 정보는 그 무엇보다 우선해서 취급해야 할 정보. 망설이느라 보고가 늦어지는 쪽이 더 문제겠지."

오오, 오그가 왕자님다워!

그보다 의식 도중이라 마이크가 켜진 상태였다. 오그의

말은 마이크를 통해 국민들에게도 고스란히 들리고 있었다.

이 자리에 모인 모두가 마인의 출현이라는 말에 술렁이기 시작했다.

그러자 오그는 불안감에 휩싸인 국민들을 진정시키기 위해 마이크를 잡고 말했다.

『제군, 진정하고 들어주게. 바로 지금 이웃 나라 스이드 왕국에 마인이 나타났다는 정보가 들어왔다.』

오그는 광장에 모인 국민들에게 방금 들어온 정보를 설명하기 시작했다.

국민들은 일제히 숨을 삼켰다.

『하지만 걱정할 필요 없다. 우리는 이미 마인에게 대항하기 위한 수단을 가지고 있으니.』

그렇게 말한 오그는 내 얼굴을 돌아보았다.

그 순간 이해했다.

이건 연기다.

마침내 시작된 마인의 준동에 강한 불안감을 드러내는 국민들에게 희망을 불러일으키기 위한 연출이었다.

『신!』

오그가 큰 목소리로 나를 불렀고, 나는 그의 옆에 나란히 섰다.

『이자는 신 월포드. 내 벗이자, 영웅 멀린 월포드의 손자이자, 얼마 전에 출현한 마인을 해치운 전적이 있는 새로운 영웅이다.』

국민들은 오그의 목소리에 마른침을 삼키면서 귀를 기울였다.

『그리고 나는…… 아니, 우리는 신과 함께 단련을 거듭한 끝에 이미 마인에게 대항할 수 있는 힘을 손에 넣었다!』

오그는 등 뒤로 손을 까닥거려서 다른 멤버들에게도 앞으로 나오라는 신호를 보냈다.

『우리는 이미 재해급 마물을 단독으로 토벌할 수 있을 정도로 성장했다!』

"재해급을 단독 토벌?!"

그 선언에는 국민들보다 병사들이 더 크게 놀랐다.

『그러하다! 보고에 따르면 인공 마인의 강함은 재해급과 거의 비슷한 수준이라더군. 그런 놈들에게 우리가 행여나 질 것 같나?』

사실은 재해급보다 약간 강하다고 보고했지만, 앞에 거의라는 말을 붙였으니 거짓말인 건 아니었다.

『그런 우리가 즉시 스이드 왕국으로 가서 마인들을 토벌하고 오겠다. 안심하도록!』

그렇게 말한 오그는 입고 있던 의식용 정장을 벗었다.

그 밑에는 미리 연구회의 전투복을 입고 있었다.

어떻게 알고 준비한 거지?

(신, 너도 한마디 해.)

(나, 나도?!)

왜 의식용 정장 밑에 전투복을 입고 있는 건지 물어보려 한 순간, 오히려 예상치 못한 요구를 받았다.

(그리고 괜찮은 팀명을 생각해봐. 연구회라고 하면 국민들이 불안해할 테니.)

(지금?!)

오그는 마이크 때문에 내 귀에 입을 대고 속삭였다.

괜찮은 게 뭔데?!

게다가 이 자리에서 바로 팀명을 정하라고?! 아무리 그래도 그렇지 너무 얼토당토않은 요구잖아!

『……여러분, 안심하세요. 저는 이미 마인과 싸워서 문제없이 쓰러트렸습니다. 그리고 여기에 있는 동료들도 충분히 마인에게 대항할 힘을 지니고 있습니다. 우리…….』

으~ 뭐라고 하지? 궁극 마법 연구회니까…… 젠장! 그것밖에 안 떠올라!

『……우리 얼티밋 매지션즈가 반드시 마인을 토벌하겠습니다.』

우오오! 저질렀다. 뭐야! 얼티밋 매지션즈가! 조금 더 괜찮은 건 없었던 거야?! 일단 민망하다고!

입으로 내뱉은 후에 후회하면서 얼굴을 새빨갛게 물들이자—.

""우오오오오오오오!""

갑자기 엄청난 고함이 들리는 바람에 깜짝 놀랐다.

"크큭 『얼티밋 매지션즈』인가. 제법 괜찮은 이름인데?"

"너, 너어……."

"아, 오해하진 마. 널 놀릴 생각은 아니었어. 이번에는 정말 갑작스러웠다고."

"진짜겠지……?"

"그보다 최대한 화려하게 출진하자. 국민들이 희망을 품을 수 있도록."

"응, 알았어."

화려한 출진……이라면 그것밖에 없겠지.

나는 멤버 전원에게 부유 마법을 걸고 공중으로 떠올랐다.

전원이 동시에 나는 연습을 미리 해두길 잘했다.

다들 바람의 마법으로 자신들의 위치를 조절했다.

조금 전까지 환호성을 지르던 백성들은 하늘로 떠오른 우리들의 모습에 말문이 막힌 모양이었다.

『그럼…… 『얼티밋 매지션즈』! 출진!』

"""오!"""

모두 대답과 동시에 각자 바람의 마법을 발동해서 출진했다.

그리고…… 뒤에서는 다시 거대한 환호성이 터졌다.

……제발 그 이름을 큰 소리로 연호하지 말아줘!

제2장 멸망하는 제국

마인 슈투름이 제국을 멸망시키기 전. 블루스피어 제국이 알스하이드 왕국에 쳐들어가기 위해 각 도시에 주둔한 제국군을 중앙에 집결했을 무렵.

제국 내부에서는 어떤 변화가 일어나고 있었다.

제국에 있는 어느 도시의 식당에서 마물 헌터인 듯한 남성이 푸념을 흘렸다.

"요즘 마물의 수가 엄청 줄어들었네. 이래선 장사가 안 되잖아!"

"그렇게 많이 줄어들었어?"

"엉. 전에는 숲속에만 가도 얼마든지 있었는데 요즘에는 성과가 전혀 없는 날도 흔해."

헌터는 지인인 듯한 식당 종업원에게 요즘 일거리가 떨어져서 큰일이라며 투덜거렸다.

마물의 급감은 헌터들에게는 사활이 걸린 문제겠지만, 일반 시민에게는 오히려 환영해야 할 일이었다.

그리고 이 소식을 듣자 그제야 군의 움직임에도 납득이 갔다.

"그래서 중앙이 주둔군을 전부 소집한 거군."

"그렇겠지. 이렇게나 마물의 수가 줄어들었는데 군대까지 움직인다면 진심으로 전직을 고려해야 할 테니까."

헌터들만으로도 충분히 대응이 가능한 수준.

그런 판단을 내렸기에 제국은 전군을 집결해서 알스하이드 왕국에 침공하기로 결정한 것이리라.

솔직히 제국의 땅이 늘어나 봤자 평민들에게 직접적인 혜택이 있는 건 아니었다.

전쟁의 행방에 흥미가 없는 평민들은 마물이 줄어들었다는 소식에 오히려 더 관심을 보였다.

그리고 다음 변화가 일어났다.

도시로 들어오는 인구수가 차츰 줄어들기 시작한 것이다.

헌터들은 한 도시를 거점으로 삼는 경우가 많다 보니 다른 도시까지 오가는 일이 드물었지만, 상인은 아니었다.

상품의 판매와 매입을 위해 적지 않은 왕래가 있었다.

그런 상인들의 숫자가 줄어든 것이다.

그리고 도시로 들어오는 물자가 줄어든다는 것은 곧…….

"어? 벌써 다 팔렸어요?"

"아, 미안합니다. 부인. 요즘은 외부에서 들어오는 물건이 적다 보니. 이래 봬도 최대한 많이 들여오는 건데도 말이죠."

"예? 그래요? ……그럼 어쩔 수 없네."

"내일은 좀 더 일찍 와보쇼. 그러면 조금쯤 남아있을 테니."

"예. 그렇게 할게요."

이것은 제국과 왕국이 전쟁을 시작한 후 몇 주 간 제국 전역에서 일상적으로 들리기 시작한 대화였다.

매입이 전혀 없는 건 아니었지만, 확연히 줄어든 물자.

그 이유를 평민들이 알 방도는 없었다.

하지만 상품을 관리하는 상인들로서는 가만히 두고 볼 문제가 아니었다.

"이봐! 오늘 올 예정이었던 짐은 도착했어?!"

"아뇨. ……저번에 납품될 예정이었던 짐도 아직 반도 채 들어오지 않았습니다."

"빌어먹을! 대체 무슨 일이 일어난 거야!"

"전쟁 때문에 중앙에서 물자를 징수한 건……."

"그럴 가능성도 있겠군. 그런데 우린 아직 아무런 소문도 못 들었잖아?"

"그러고 보니…… 그 중앙 귀족님들이 일부 상회만 눈감아줄 리도 없는데 말이죠. 이왕 할 거면 모든 상회에서 모조리 징수했을 테니까요."

"벌써 한 번 당했지."

전쟁이 시작되기 전, 중앙은 제국 전토에서 식량과 물자를 쓸어갔다.

그때 국가를 위한 공헌이라는 명목으로 제국에 있는 모든 상회에서 거의 무상으로 물자를 징발해갔다.

상인은 당시에 귀족이 보인 태도를 떠올리며 불쾌한 표정을 지었다.

하지만 그렇게 생각하니 뭔가 이상했다.

아무래도 국가에서 물자를 징발해 간 건 아닌 모양이었다.

하지만 들어오는 물자는 확연히 감소했다.

물자를 반입하는 상단이 마물에게 습격이라도 당한 걸까?

아니, 마물의 수는 헌터들이 한탄할 정도로 크게 줄어들었을 터…….

그렇다면 대체 왜?

라이벌 상회의 방해도 고려해봤지만, 현재 물자가 들어오지 않는 건 고작 한두 상회가 아니었다.

도시에 있는 모든 상회가 물자에 곤란을 겪고 있는 상태였다.

이유를 모르겠다.

하지만 물자는 필요했다.

결국 상인은 마찬가지로 물자가 들어오지 않아서 발만 동동 굴리는 다른 상인들에게도 말을 걸어보기로 했다.

일이 없어서 한가로운 헌터들에게 공동으로 자금을 출자해서 물자가 들어오지 않는 이유를 조사하기 위해…….

이때 이미 제국군은 슈투름에 의해 괴멸했고, 제도까지

함락됐다.

하지만 제국에 있는 각 도시에는 아직 그 흉보가 전해지지 않은 상황이었다.

헌터들에게 조사를 의뢰한 지 몇 주가 지났다.

마침 일이 없어서 한가했던 헌터들은 의뢰를 쾌히 받아들이고 의기양양하게 도시를 떠났지만…….

아무리 지나도 보고가 없었다.

아니, 소식조차 완전히 두절되었다.

상인들은 그제야 초조해하기 시작했다.

조사를 보낸 역전의 헌터들은 돌아오지 않았다.

도시에는 군대도 없었다.

무슨 일이 일어난 건 분명하지만, 사정을 알 수 없으니 해결할 방법도 떠오르지 않았다.

그러는 사이에도 도시에 들어오는 물자는 계속해서 줄어들기만 했다.

도시를 방문한 상단에 물어봐도 그들 역시 아는 게 없었다.

가도는 지극히 평화로웠고 마물의 그림자조차 보지 못했다는 대답만 돌아왔다.

게다가 습격당한 상단의 잔해도 없었다는 게 아닌가.

상인들은 한층 더 혼란스러워졌다.

마물에게 습격당한 거라면 길가에 마차나 짐의 잔해가 남아있을 터.

그게 아니라면 상단은 대체 어디로 사라진 것일까.

상단의 책임자는 혼란스러워하는 상인들에게 자신이 아는 정보를 전부 털어놓았다.

그의 말에 따르면 그들이 사는 곳도 별다를 바 없는 상황이라는 것.

아무튼 들어오는 물자가 적다 보니 조만간 도시 전체의 물자가 바닥날지도 모른다는 것.

그렇게 되기 전에 조사를 겸해 이렇게 상단을 꾸렸다는 것.

하지만 결국 원인은 밝혀내지 못했다고 한다.

간만에 상단이 도착해서 모인 상인들은 일제히 입을 굳게 다물었다.

뭔가 이해하기 어려운 사태가 벌어진 것은 확실했다.

하지만 그 원인을 알 수 없으니 정체 모를 공포심이 스멀스멀 기어올랐다.

정보 교환을 마친 상단은 이 도시에 남은 물자를 조금이라도 많이 사들이고 떠났다.

"이건…… 이제 우리 힘으로 해결할 수 없는 문제로군."

"어쩌지? 영주에게 해결해달라고 청원할까?"

"과연 움직이기나 할까? 그 탐욕스러운 귀족님이?"

"움직이지 않으면 어쩌겠어. 자기 생활에도 지장이 생길 텐데."

"하아…… 내키지는 않지만."
"가보는 수밖에 없겠지."

도시의 상인 대표 몇 명은 영주의 저택을 찾아갔다.
문지기에게 사정을 설명하고 영주와 만나게 해달라고 부탁했지만, 돌아온 대답은 지극히 간결했다.
"직접 해결해."
문지기에게 그 말을 들은 상인들은 한순간 자신들의 귀를 의심했다.
지금까지 온갖 수단을 동원했는데도 결국 해결하지 못했으니 이렇게 나라의 힘을 의지한 게 아닌가.
그런데도 돌아온 대답이라는 게 고작…….
상인들은 어처구니가 없다 못해 화가 나서 얼굴을 일그러트렸다.
그쪽이 그렇게 나올 생각이라면 자신들도 생각이 있었다.
속으로 결심한 상인들은 영주의 저택을 뒤로했다.

"이봐! 이게 대체 뭐냐!"
며칠 후. 이 도시를 다스리는 귀족이 식사를 하려고 식탁에 앉은 순간, 테이블 위에 차려진 요리를 보자마자 고함을 질렀다.
"죄송합니다. 듣기로는 물자가 부족해서 식재료 조달이 어렵다고……."

"변명 따윈 듣고 싶지 않다! 네놈들이 무엇보다도 가장 우선해야 할 건 선택받은 인간인 우리 귀족의 생활이거늘! 도시에서 물자를 쓸어오지 못할까!"

"하오나 영민들의 생활이……."

"네놈…… 지금 귀족인 이 몸과 평민의 생활을 저울질하는 거냐!"

"……알겠습니다. 온 도시에서 물자를 징발해오겠습니다."

"흥! 처음부터 그리 대답하면 될 것을!

뒤룩뒤룩 살찐 영주는 선택받은 인간인 자신을 대체 뭐라고 생각하는 거냐며 연신 투덜거렸다.

"아버지~ 이거론 부족해."

아버지와 마찬가지로 뚱뚱한 아들이 음식의 양이 부족하다며 칭얼거렸다.

고용인들은 평소보다 적은 편이기는 해도 평민들의 평균 식사량을 아득히 뛰어넘는 요리들을 보고 이걸로도 부족한 거냐며 속으로 욕을 했다.

물론 속으로만.

입 밖으로 꺼냈다간 즉시 목이 달아날 테니까.

"오오, 미안하구나. 우둔한 평민 놈들이 식량을 바치기 아까워한다더구나. 오늘만 참아주련?"

"에엑? 평민 따윈 알 바 아니니까 전부 뺏어오면 되잖아!"

"하하, 그럴 수는 없단다. 목숨이라도 간신히 붙여 놓지 않으면 우리에게 바칠 게 줄어들잖니?"

"그렇구나! 역시 아버지는 대단해!"

"음. 잘 기억해두려무나. 평민은 살지도 죽지도 못하게 하는 정도가 딱 좋아."

"응!"

고용인들은 구역질이 치미는 것을 참으면서 묵묵히 그 저열한 대화를 들었다.

영주의 명령으로 비축된 식량까지 전부 징발된 탓에 도시에 있는 식재료가 거의 바닥을 드러냈다. 그리고 마침내 상단의 방문과 인근 농가에서의 식량 공급도 완전히 두절되었다.

"이봐! 여기 있는 빵 전부 줘!"

"웃기지 마! 밀가루가 들어오지 않으니 한 가정에 팔 수량이 정해져 있다고!"

"그런 건 내 알 바 아니야! 우리 집은 가족이 많다고!"

"그건 우리 집도 마찬가지야! 다들 참고 있는데 혼자만 욕심부리지 마!"

"뭐라고? 이 할망구가!"

"뭐얏?!"

도시 여기저기에서 이런 다툼이 벌어지기 시작했고, 사람들은 식량 부족에 의한 체력 소모뿐만 아니라 정신력까지 피폐해졌다.

도시 전체가 식량을 얻지 못해서 기운 없이 주저앉아 있는 사람들로 넘쳤고, 죽은 사람도 적지 않았다.

일할 기운조차 없으니 노동력이 제대로 돌아갈 리가 없었고, 그렇게 되자 당연히 식량을 둘러싼 쟁탈전이 벌어졌다.

하지만 그런 상황 속에서도 영주는 전혀 움직이지 않았다.

아니, 온 도시에서 물자를 긁어모았는데도 자신들의 풍족한 생활을 유지하기에는 턱없이 부족했던 탓에 마지못해 중앙에 지원을 요청했다.

하지만 그 답변도 오지 않았다.

자신들이 이렇게 괴로워하는 데도 영주는 사치스러운 생활을 하고 있다.

여태까지도 귀족의 오만하고 탐욕스러운 행동에 넌더리를 내던 평민들은 마침내 영주인 귀족들에 대해 분노를 초월해서 원한까지 품게 되었다.

이제 와서는 영주의 저택을 습격할 계획까지 세우는 중이었다.

도시에서 가장 높은 건물의 지붕 위에서 그 상황을 지켜보는 자들이 있었다.

"우리가 유도한 거지만, 참으로 추악하군."

"예, 제스트 님. 하지만 슈투름 님의 작전은 완벽하군요."

“그래. 도시로 유입되는 인간과 물자를 서서히 줄여서 굶주리게 한다. 그렇게 하면 알아서 자멸할 거라고 하셨지…….”

“저도 처음으로 산적 흉내를 내봤는데 마인이란 건 정말 굉장하더군요. 상단을 통째로 전멸시킨 데다 흔적을 은폐하는 것도 손쉬웠습니다.”

제국의 첩보부대에 있었던 제스트와 그의 부하들이었다.

그들의 말대로 지금 이 사태는 전 첩보부대였던 그들이 슈투름의 작전에 따라 인위적으로 일으킨 것이었다.

고작 이 정도로도 도시는 완전히 제 기능을 잃었다.

일반적으로 도시는 다른 도시들과 서로 부족한 물건을 보완하고 농촌에서 식량을 사들이는 것으로 제 기능을 유지하기 마련인데, 그들은 그 물자의 흐름을 조금씩 인위적으로 줄인 것뿐이었다.

조금씩 굶주려가는 도시.

헌터들의 왕래는 그들이 직접 막은 탓에 정보가 차단.

게다가 상단이 도착해도 오는 도중에 딱히 수상한 점이 없었으니 대책을 세울 방도가 없었다.

물자도 들어오지 않고 정보도 입수하지 못하는 상황.

식량부족 때문에 서서히 감소하는 체력.

정보 부족으로 인한 공포로 피폐해지는 정신력.

슈투름이 세운 작전은 너무나도 가혹했다.

“그건 그렇고…… 이대로 가면 평민들까지 말려들겠군요.”

"그렇겠지. 하지만 슈투름 님의 명령은『모든』제국 국민이 크나큰 절망 속에서 죽게 하라는 거라더군."

"『모든』입니까……."

"저도 귀족에게 원한이 있지만, 아무래도 평민들까지는……."

"그럼 자네가 슈투름 님에게 그렇게 직접 이야기해보겠나? 평민은 살려달라고."

제스트의 제안을 들은 부하는 엄청난 기세로 고개를 저었다.

"다, 당치도 않습니다! 마인의 왕이신 슈투름 님께선 자비심을 완전히 잃으셨다면서요?! 그런 말씀을 올렸다간 그 자리에서 목이 달아날 겁니다!"

"그럼 잠자코 명령이나 수행해."

"예!"

전 첩보부원들은 평민을 포함한 제국의 모든 인간에게 절망을 주겠다는 슈투름의 의도에 등골이 서늘해졌다.

'슈투름 님은 과거에 대체 무슨 일이 있으셨기에……'

슈투름에 의해 마인이 된 그들도 그런 의문을 품기 시작했다.

그런 마인들의 계략으로 피폐해진 평민들이 결국 영주의 저택을 습격하려는 순간, 그 일이 벌어졌다.

"마, 마물이다! 마물 집단이 이쪽으로 오고 있어!"

성벽 위에서 경계를 서던 자가 마물의 습격을 알리며 달려왔다.

"뭐라고?!"

"젠장! 이제부터 영주를 습격하려는 참인데!"

"멍청아! 지금이 그런 소리나 할 때냐!"

"이봐! 헌터는? 헌터들은 어디야!"

"조사를 떠난 뒤로는 돌아오지 않았어!"

마물의 토벌을 생업으로 삼은 헌터들을 소집하려 했지만, 아무도 보이지 않았다.

아무런 정보도 들어오지 않는 상황에 불안을 느낀 상인들의 의뢰로 도시를 떠난 헌터들은 그대로 소식이 두절되었다.

그 결과 더 큰 공포를 느낀 상인들이 계속 같은 의뢰를 한 탓에 현재 도시에는 헌터가 한 명도 남아 있지 않았다.

그 사실을 깨달은 주민들은 공황상태에 빠졌다.

"헌터도 없는데 어쩔 거야!"

"당신들은 남자잖아?! 나가서 마물을 퇴치하고 와!"

"말도 안 되는 소리 하지 마!"

"그럼 어쩔 건데!"

도시 여기저기에서 혼란이 발생했다.

네가 가! 아니, 네가!

오랜 식량부족으로 정신이 완전히 피폐해진 주민들은 간단히 추한 본성을 드러냈다.

그런 주민들의 모습을 얼마 전에 제스트 일행이 서 있었던 건물의 지붕 위에서 즐겁게 감상하는 자가 있었다.

은발과 붉은 눈.

마인들의 수괴인 올리버 슈투름이었다.

"큭큭큭. 이거 참, 추하군요. 그렇게 생각하지 않습니까? 밀리아 양."

"그러네요. 인간이라는 건 이토록 간단히 추한 본성을 드러내는 생물이었군요."

"뭐, 그렇게 되도록 유도한 거지만 말이죠. 하하, 그런데 이렇게나 쉽게 넘어가니 즐거운 걸 넘어서 오히려 가엾다는 생각까지 드네요."

슈투름처럼 평민에게까지는 비정해지지 못한 밀리아는 처음부터 가엾게 여겼지만, 즐거워하는 슈투름 앞이기에 굳이 말로 꺼내지는 않았다.

그리고 밀리아 역시 의문을 가졌다.

슈투름은 귀족은 그렇다 쳐도 왜 평민에게까지 괴로움을 주려는 것일까.

"자, 그럼 슬슬 가볼까요."

공황상태에 빠져서 소란스러워진 도시를 즐겁게 감상하던 슈투름이 마침내 행동을 개시했다.

그는 확성 마법을 써서 시내 전체에 말을 걸었다.

『여러분, 안녕하십니까?』

굶주림과 정보 부족으로 육체적으로나 정신적으로 완전히 피폐해진 주민들을 비웃는 듯한 목소리가 전 시내에 울려 퍼졌다.

『제 이름은 올리버 슈투름. 갑작스러우시겠지만, 이 도시에 계신 주민 여러분께 제안을 드리고자 합니다.』

마물의 습격에 이성을 잃었던 주민들은 갑작스러운 누군가의 목소리에 한층 더 혼란을 느끼면서도 귀를 기울였다.

『이 도시에서 귀족에게 강한 분노나 원한을 가진 분은 계십니까? 귀족을 직접 자기 손으로 죽이고 싶을 정도로 증오하시는 분이 있으시다면…… 흠, 이 도시의 남쪽 문 앞에 모여 주시겠습니까? 귀족을 타도할 수 있는 힘을 드리죠. 기한은 지금부터 한 시간 내입니다.』

전 시내에 울려 퍼진 목소리는 그 말을 끝으로 갑자기 끊어졌다.

그 선포를 들은 주민들은 뭐가 뭔지 알 수 없었다.

거만하고 횡포만 부리는 귀족에게 불만을 품지 않은 주민이 있을 리 없었다.

하지만 죽이고 싶을 정도로 증오하냐면…….

이번 사태로 그런 마음을 품게 된 주민도 결코 적지는 않겠지만, 정체 모를 자의 영문을 알 수 없는 제안을 신용하지 못한 주민들은 당혹스러워하며 도시에서 탈출하려 했다.

그러나…….

"안 돼! 지금 문을 여는 건!"

"왜! 당신도 들었잖아! 저런 정체 모를 녀석이 나타났으니 도망쳐야지!"

"맞아! 저 이상한 목소리가 들린 후에 마물이 움직임을 멈췄어! 도망치려면 지금이 기회잖아!"

"그 마물이! 도시 밖에 빼곡히 포진해 있다고!"

문지기의 고함에 주민들은 할 말을 잃었다.

"한 번 봐볼래?! 정말로 마물이 엄청나게 몰려왔다고! 이런 상황에서 문을 여는 건 자살행위야!"

"그럼! 그럼 어쩌라는 거야!"

"도망칠 곳 따윈 없어!"

귀족에게 원한을 가진 자들만 모이라는 남쪽 문을 제외한 모든 문에서 비슷한 대화가 이어졌다.

그리고 그들은 더욱더 큰 절망을 맛보게 되었다.

한편 남쪽 문에서는 슈투름의 부름에 응한 몇 명의 주민이 모여 있었다.

"흠, 생각보다 적군요."

"슈투름 님, 역시 그런 방식으로는 주민들의 경계심을 자극하지 않을까요?"

"뭐, 상관없습니다. 사람을 모으는 게 목적이 아니니까요. 아무튼 이걸로 이 도시의 주민들은 한층 더 큰 혼란과 절망을 느끼게 되겠지요?"

"주제넘은 발언을 해서 죄송합니다. 용서해주시길."

"후후, 괜찮습니다."

슈투름은 밀리아의 사죄를 즐겁게 받아들였다.

남쪽 문에 모인 주민들은 무척 즐거워 보이는 표정으로 자신들에게 절망을 선사하려는 남자에게 새삼 경계심을 품었다.

하지만 증오스러운 귀족을 타도할 힘을 얻을 수만 있다면 이런 수상한 자의 동료가 되어도 상관없었기에 떠나는 사람은 아무도 없었다.

슈투름은 그런 주민들을 보고 한층 더 기분이 좋아졌다.

"자, 그럼 여러분은 진심으로 귀족을 타도하고 싶으신 거겠지요?"

그들의 진심을 시험하는 듯한 질문에 주민 중 한 남자가 앞으로 나섰다.

"나는…… 이 도시의 귀족에게 연인을 빼앗겼다. ……그리고 질렸다는 이유로 돌려보내더군. ……시신이 된 상태로! 난 그 자식을…… 내 손으로 죽이고 싶어!"

귀족이 눈에 든 평민 여성을 성노예를 끌고 가는 건 이 나라에서는 일상다반사였다.

그렇다고 해도 당사자에게는 견딜 수 없는 고통이었다.

이 남자도 연인을 귀족에게 빼앗긴 데다 살해당하기까지

했다.

그 원한은 그야말로 피눈물이 흐를 지경이었다.

한 사람이 귀족에 대한 원한을 입에 담자, 이번에는 여성이 앞으로 나섰다.

"저는 아버지를 살해당했어요. 아무 짓도 안 했는데…… 그저 눈앞에서 스쳐 지나갔다는 이유만으로! 아버지를 잃은 우리 가족이 얼마나 고생했는지…… 그 자식에게 뼈저리게 알려주고 싶어요!"

한 사람이 불씨를 붙이자 뒤를 잇는 사람이 끊이지 않았다.

여기에 모인 전원은 저마다 귀족에 대한 원한을 입에 담기 시작했다.

"후후, 좋습니다. 그 증오. 그 상태로 귀족을 미워해 주시길."

슈투름은 귀족에 대한 원한과 증오를 내뱉는 주민들을 즐거운 표정으로 감상하다가 손에 검은 마력을 모으기 시작했다.

그리고 그 검은 마력을 주민들의 가슴에 밀어 넣었다.

"으, 으아아아아악!"

"아, 아아아아아앗!"

가슴에 검은 마력이 닿은 주민들은 곧 괴로워하기 시작했다.

슈투름은 괴로움에 몸부림치는 주민들을 아랑곳하지도 않고 계속해서 그 자리에 모인 전원에게 검은 마력을 주입했다.

검은 마력과 접촉한 주민들은 한동안 괴로워했지만, 이윽고 안정을 되찾은 뒤 자신의 몸에 힘이…… 마력이 넘치는 것을 자각했다.

"이, 이건……."

"후후, 어떻습니까. 그 힘이라면 그 귀족을 죽일 수 있겠지요?"

"응, 굉장해……. 지금이라면 뭐든지 할 수 있을 것 같아……."

그렇게 말하며 고개를 돌린 그들의 눈은 새빨갛게 물들어 있었다. 마인이 된 증거였다.

"자, 한 시간이 지났군요. 그럼 여러분은 영주의 저택으로 가주시길. 확실히 숨통을 끊어놓고 오셔야 합니다?"

"예!"

"알겠습니다."

"좋습니다. 그럼……."

기세등등하게 대답하는 새로운 마인들을 만족스럽게 쳐다본 슈투름은 하늘을 향해 마법을 날렸다.

그러자 도시 위에 폭발 마법이 작렬했다.

주민들은 마치 폭죽처럼 터진 마법을 넋을 잃고 올려다보았다.

마법이 작렬한 후 주민들이 숨을 삼키고 그 광경을 지켜본 탓에 갑작스러운 정적이 찾아왔다. 하지만 그 정적도 갑자기 깨졌다.

격렬한 폭발음과 동시에 도시 동서남북에 있는 문이 마법으로 박살 나고 마인과 마물이 단숨에 밀려들어 온 것이다.

"우아아아아악!"

"꺄아아아아아!"

"싫어어어어어!"

눈사태처럼 밀려들어온 마인과 마물이 주민들을 마음껏 학살했다.

"후후, 멋진 광경이로군요."

슈투름은 도시가 유린당하는 광경을 성벽 위에서 만족스러운 얼굴로 지켜보았다.

그의 눈앞에서 펼쳐진 광경은 제도와 완전히 동일한 지옥도.

누군가는 발톱에 갈가리 찢겼고, 또 누군가는 산채로 잡아먹혔다.

식량부족으로 달아날 체력도 없는 주민들은 하나둘씩 마물과 마인의 손에 목숨을 잃었다.

그런 처참한 광경을 잠시 지켜보고 있자, 멀리서 보이는 영주의 저택에 불길이 일어난 것이 보였다.

"흠, 저쪽도 잘 풀린 모양이군요. 영주의 저택을 봉쇄해서 귀족이 도망치지 못하게 막아두길 잘했군요."

슈투름은 전 시내에 선포를 한 후, 제스트와 그의 부하들에게 이 도시의 귀족이 달아나지 못하도록 영주의 저택을 봉쇄하라는 명령을 내렸다.

지금쯤 새로 마인이 된 자들이 영주를 궁지로 몰아넣었으리라.

성벽에서 하늘로 떠오른 슈투름은 영주의 저택으로 이동했다.

그리고 도착한 영주의 저택에는 무참한 고깃덩이가 된 문지기, 상반신이 사라진 호위병, 고용인의 시체가 여기저기에 흩어져 있었다.

영주 외에는 같은 평민이었지만, 막대한 마력을 손에 넣고 새로 마인이 된 자들은 파괴 충동을 억누르지 못하고 아무런 망설임도 없이 고용인들에게까지 손을 댄 것이다.

그리고 귀족의 가족들을 포위한 마인들은 그들에게 조금씩 고통을 주고 있는 참이었다.

"이익! 네, 네 이놈들! 이 몸에게 이런 짓을 저지르고도 무사할 성싶으냐!"

영주는 마법으로 손과 발에 구멍이 뚫린 상황에서도 허세를 부렸다.

극심한 고통 속에서도 저런 태도를 취하는 것을 보아하니 자신이 귀족이라는 사실에 어지간히 큰 자부심을 가지고 있는 모양이었다.

그러나 그 허세는 마인이 된 주민들의 마음에는 아무런 영향도 끼치지 못했다.

오히려 냉혹한 웃음을 흘리면서 영주가 아닌 가족, 아내와 자식, 첩들에게 마법을 날리기 시작했다.

"으아악! 아파! 아프단 말야! 아버지이!"

"그만해! 아아! 아파! 다리가! 다리가아!"

그들은 여성과 어린애를 괴롭히면서도 아무런 양심의 가책을 느끼지 않았다.

오히려 그 목소리가 더 듣고 싶다는 것처럼 공세를 늦추지 않았다.

"자, 자. 장난은 그쯤하고 슬슬 처리하죠. 이다음에도 할 일이 잔뜩 있답니다."

슈투름은 마치 학생들을 인솔하는 교사 같은 말투로 새로운 마인들에게 지시를 내렸다.

그리고 마침내 공격이 멈추자 영주가 마치 기다렸다는 듯이 마인들에게 욕설을 퍼붓기 시작했다.

"네놈들! 이 몸에게 이런 짓을 저지르고도 무사히 넘어갈 거라 생각하지 마라! 황제 폐하께선 반드시 날 구해주실 테니까!"

이런 상황에서도 자신이 살아남을 줄 아는 영주의 기고만장한 태도에 다들 기가 막혀 했다.

하지만 곧 우스꽝스럽다는 듯 웃음을 터트렸다.

"뭐, 뭐냐! 뭐가 그렇게 우스워!"

"아뇨, 당신. 설마 아직도 자신이 살아남을 수 있을 거라고 생각하는 겁니까? 구하러 와줄 황제도 없는데?"

"그, 그게 무슨 소리냐! 황제 폐하께선 반드시 구하러 와 주실 거다! 우리 제국 귀족들에게는 네놈들 같은 천한 것들은 모를 강한 유대가 있으니까!"

영주의 말에 슈투름의 얼굴에서 웃음이 사라졌다.

그리고 마인들을 물린 후, 영주의 멱살을 잡고 바닥에 내동댕이쳤다.

"크헉! 네, 네놈! 이게 무슨 짓……."

"지금 천하다고 했나? 이 말단 귀족 나부랭이가."

"무, 무슨?"

"제국 귀족들에게는 강한 유대가 있다고 했으렷다?"

"그, 그래! 그게 뭐 어쨌다고!"

영주는 슈투름의 기묘한 박력에 압도당하면서도 애써 반박했다.

그리고 슈투름은 그런 영주에게 얼굴을 가까이 들이댔다.

"그 유대라는 건…… 헤럴드를 황제로 세우기 위해 어느 귀족을 함정에 빠트린 유대인가?"

"큭! 네, 네놈! 어떻게 그 사실을?!"

"이거 참, 벌써 잊은 거냐?"

"……헉! 서, 설마?! 아윽!"

아무도 모를 중대한 비밀을 슈투름이 알아맞히자 영주는 격심하게 동요했다.

그리고 가까이 다가온 슈투름의 얼굴을 바라보다가 어떤

사실을 깨달았다.

슈투름은 뭔가 말하려는 영주의 입을 손으로 잡고 틀어 막았다.

"참 나, 이제야 기억난 건가. 그런 내가 헤럴드를 가만히 내버려 뒀을 것 같아?"

조금 전까지의 박력은 사라졌지만, 그 입에서 나온 말은 영주가 절망하기에 충분한 내용을 담고 있었다.

"서, 설마…… 설마 네놈이!"

"맞아. 헤럴드는 가장 먼저 처리했지."

"그, 그럴 수가…… 그렇다면 우리 제국은……."

"당신이 예상한 대로랍니다."

황제가 도와주러 올 줄 알았던 영주는, 이미 그 황제가 죽었다는 사실에 절망했다.

이것이 어지간한 상대의 입에서 나온 말이었다면 콧방귀도 뀌지 않았겠지만, 영주는 슈투름의 정체를 눈치채고 말했다.

제국의 황제인 헤럴드를 그 누구보다 증오할 인물.

바로 그 인물의 입에서 헤럴드를 처리했다는 말이 나온 것이다.

믿고 싶지 않았지만, 믿을 수밖에 없었다.

드디어 영주의 절망한 모습을 보게 된 슈투름은 만족했는지 멱살을 잡은 손을 놓았다.

"이제 됐습니다. 처리하세요."

“자, 잠깐! 기다려! 스트……으아아아아악!”

여태까지의 상대에게 고통을 주려는 마법이 아닌 필살의 위력을 담은 마법이, 뭔가 애원하려고 하는 영주를 단숨에 재로 만들었다.

남은 가족도 똑같이 처리했고, 이로써 이 도시에서 마인과 마물을 제외하고 살아있는 자는 아무도 없었다.

“후후. 이걸로 도시가 하나 또 사라졌군요. 후후후, 아하하하하!”

도시에 거주하는 인간을 모조리 죽인다.

슈투름은 그런 비상식적인 성과에 웃음이 나오는 것을 참을 수 없었다.

마인들은 그런 슈투름을 존경심과 두려움이 뒤섞인 눈으로 바라보았다.

◆

슈투름은 도시를 단숨에 짓밟지 않고 주민과 영주를 서서히 괴롭히는 방식으로 그들의 육체와 정신이 한계에 도달한 타이밍을 노리며 습격을 감행했다.

하지만 슈투름은 주민들이 영주의 저택을 습격하려고 하는 것만큼은 좌시하지 않았다.

자신들의 손으로 직접 영주를 처단하면 만족해버려서 장

기 말이 될 마인을 손에 넣을 수 없기 때문이었다.

그런 식으로 하나씩 차근차근 도시 전체에 절망을 선사한 후 습격하는 방법으로 결국 제국 전토의 모든 도시와 촌락을 멸망시켰다.

마지막으로 남은 도시를 섬멸한 후, 슈투름은 큰 웃음을 터트렸다.

그 모습을 본 마인들의 반응은 둘로 갈라졌다.

마침내 숙원을 달성한 슈투름을 보고 마치 자기 일처럼 기뻐하는 자.

그리고 제국이 멸망했으니 다음 목표가 있을 거라고 미래를 바라보는 자.

그런 시선 속에서 웃음을 그친 슈투름은 불쑥 이렇게 중얼거렸다.

"자, 그럼…… 이제 뭘 하면 좋을까요?"

◆

제국은 슈투름의 손에 멸망했다.

그는 도시를 파괴하고 영주를 죽인 것만으로 그치지 않았다.

글자 그대로 제국 국민을 모조리 학살한 것이다.

그런 역사상 가장 가혹하고도 잔혹한 행위가 전부 막을 내린 후, 마인들은 옛 제도인 전 제국 황성에 모여 있었다.

마인들은 모두 기분이 들떠 있었다.

슈투름의 숙원인 제국의 멸망이 이루어졌다.

그렇다면 다음은?

“어이, 드디어 끝났군!”

“그래. 시간이 걸리긴 했지만 제국은 완전히 멸망했어. 이제 우리에게 맞설 녀석은 이 세상에 아무도 없지. 그러니 슬슬 세계 통일을 선포하시지 않을까?”

“하긴 그렇겠지? 벌써 기대가 되는군!”

“맞아.”

우리가 세계를 통일하겠다. 우리의 힘이라면 반드시 가능하다. 그 목적을 실현할 수 있는 힘을 손에 넣었으니까.

힘을 얻기 전까지는 학대받으며 살아온 제국의 평민들은 지금까지는 상상도 하지 못했던 꿈을 꾸기 시작했다.

이 새로운 야망이 이제 곧 그들을 지배하는 자의 입에서 선포되리라.

그렇게 고대하면서 기다리자 마침내 슈투름이 밀리아와 제스트를 거느리고 알현실에 모습을 드러냈다.

슈투름은 마인들을 지나치며 옥좌를 향해 걸어갔다.

그 모습을 지켜보는 마인들의 눈에는 존경심과 기대감이 담겨 있었다.

그런 시선을 받으면서 걸어간 슈투름은 얼마 전까지 황제가 앉았던 옥좌에 앉았다.

“자, 그럼 여러분의 공로 덕분에 무사히 제국을 멸망의 길로 몰아넣을 수 있었습니다. 이건 무척 경사스러운 일이지요.”

“오오오!”

슈투름의 발언에 마인들은 환호성을 질렀다.

“경사스럽기는 합니다만…….”

“왜 그러시죠? 슈투름 님.”

“음…… 제국을 멸망시키는 게 제 목표였으니…… 이제 뭘 하면 좋을까요?”

“……예?”

마인들은 자신의 귀를 의심했다.

제국을 멸망시켰으니 이제 할 일이 없다?

이 남자는 지금 대체 무슨 말을 한 거지?

자신들이 듣고 싶었던 건 그런 말이 아니었다.

마인들 중에서도 특히 큰 기대를 품고 있었던 남자가 참지 못하고 입을 열었다.

“노, 농담은 적당히 하십시오. ……이다음은 세계를 통일하시는 게 아니었습니까?”

남자는 기도하는 듯한 심정으로 슈투름에게 질문했다.

부디 내가 잘못 들은 말이기를.

하지만 슈투름은 그 기대를 아무렇지 않게 배신했다.

“예? 왜 제가 그런 귀찮은 짓을 해야 하는 거죠?”

그 대답을 들은 마인들은 할 말을 잃었다.

세계 통일이 귀찮다?

왜 자신이 해야 하냐고?

이 분은 정말로 지금 무슨 말씀을 하시는 거지?

마침내 손에 넣은 이 힘을 세상에 보여주는 것이 자신들의 사명이라고, 남자는 진심으로 그렇게 생각하고 있었다.

그런데 그게 귀찮다고? 대체 무슨 뜻으로 하는 말이지?

남자는 슈투름에게 자신들의 존재의의를 물어볼 수밖에 없었다.

"그럼…… 왜…… 왜 저희를 마인으로 만드신 겁니까!"

"응? 그야 장기 말로 쓰려고 한 게 당연하잖아요?"

"장기 말…… 저희가 장기 말이었다고요?!"

아주 당연한 듯이 자신들의 존재의의를 부정했다.

남자는 그렇게 생각했다.

사실 이건 남자의 비대해진 자의식이 제멋대로 결론을 낸 것뿐이지, 슈투름은 이 남자에게 딱히 특별한 직위를 내린 적도 없었다.

장기 말.

정말로 그 이상의 의미는 없었다.

하지만 남자는 강대한 힘을 가진 후부터 자신이 특별한 존재라고 여기게 되었다.

어느새 비대해진 자의식이 슈투름이 자신을 마인으로 만든 건 뭔가 특별한 이유가 있을 거라고 착각하게 했다.

그리고 그건 비단 이 남자에게만 해당하는 말이 아니었다. 습격당한 도시에서 마인이 된 대부분의 평민이 그런 생각을 품고 있었다.

마인이 되기 전까지 학대받은 기억 때문이리라.

그들의 자의식은 슈투름의 예상을 뛰어넘을 정도로 비대해지고 말았다.

그러니 당연히 그 말을 잠자코 받아들일 리가 없었다.

"저는! 당신과 함께라면 세계를 정복할 수 있을 거라는 생각에 마인이 됐건만!"

"예? 제가 말씀드렸을 텐데요? 귀족에게 원한을 가진 분은 없냐고. 귀족에게 복수하고 싶지 않냐고. 그런데 왜 그런 엉뚱한 말이 나오는 거죠?"

슈투름은 격렬한 분노를 드러내는 남자에게 진심으로 이해할 수 없다는 표정을 보였다.

이 경우에는 사실 전적으로 슈투름의 말이 옳았다.

그들을 마인으로 만들 때 했던 말은 오로지 귀족을 타도할 힘을 주겠다는 것뿐.

세계를 정복하기 위한 힘을 나눠주겠다거나, 함께 세계를 정복하자는 말은 단 한 번도 한 적이 없었다.

그저 비대해진 자의식이 낳은 망상일 뿐이었다.

이 정도로 강대한 힘을 얻었는데 고작 귀족을 쓸어버린 것 정도로 끝일 리가 없다.

슈투름 님은 이 힘을 소유할 자격을 가졌기에 자신을 마인으로 만들어주신 것이다.

자신은 장기 말이 아니다.

도구가 아니다.

그렇게 착각하고 싶었다.

하지만 슈투름의 입에서 흘러나온 건 잔혹한 현실뿐이었다.

남자는 결국 이성을 잃었다.

"너, 이 자식!"

슈투름을 공격하려고 마력을 모으기 시작했다.

호위를 맡은 전 첩보부대 출신 마인이 슈투름의 앞을 가로막았다.

하지만 슈투름이 귀찮은 태도로 가볍게 팔을 휘두르자 남자에게 모이던 마력이 산산이 흩어졌고, 남자의 얼굴은 경악으로 물들었다.

그 광경을 지켜본 마인들의 반응은 두 가지로 갈라졌다.

역시 슈투름 님은 굉장하다고 감탄하는 첩보부대 출신 마인들.

이런 힘을 가졌는데도 세계 통일을 노리지 않는 슈투름에게 분개한 평민 출신 마인들.

특히 머릿수가 많은 평민 출신 마인들이 동요하기 시작했다.

그리고 슈투름에 대한 불신과 불만을 입에 담기 시작했다.

그 말을 들은 슈투름은 진심으로 귀찮은 듯이 이렇게 말했다.

"야망을 갖는 건 당신들 자유지만, 그걸 저에게까지 강요하지 마시겠습니까? 민폐예요."

반항한 남자를 딱히 질책하지도 않고, 그저 자신을 귀찮게 하지 말라는 투였다.

그 말을 들은 남자는 실망과 분노가 담긴 표정으로 슈투름을 노려보았다.

"요컨대…… 세계를 통일할 생각은 눈곱만큼도 없으시다……?"

"그러니까 아까부터 그렇다고 말씀드리지 않았습니까."

다시 물어봐도 돌아오는 대답은 변함없었다.

남자는 결국 슈투름과의 결별을 선언했다.

"그래……. 그렇습니까! 알겠습니다! 이제 당신에게는 기대하지 않겠습니다! 그렇다면 전 제 마음대로 하지요!"

"그러시든지요. 아니, 처음부터 그렇게 하셨으면 좋을 것을."

"큭! ……실례하겠소!"

무슨 시답잖은 소릴 하느냐는 듯한 슈투름의 대답에 분노와 수치심으로 얼굴까지 새빨개진 남자는 등을 돌리고 알현실을 나갔다.

그 대화를 지켜보던 평민 출신 마인들은 동요를 감추지 못했다.

왜 이렇게 된 것일까.

조금 전까지는 자신들의 힘으로 세계를 정복한다는 멋진 꿈을 꾸고 있었건만.

그랬던 것이 어째서 마인 간의 결별이라는 결과를 초래한 것일까.

이럴 리가 없었다.

현실일 리가 없었다.

하지만 슈투름은 그들에게 무자비한 선고를 내렸다.

"그의 생각에 찬동하시는 분은 떠나세요. 사양하지 말고 함께 가도 괜찮습니다."

가고 싶으면 마음껏 떠나라.

마치 자신들에게는 아무런 가치도 없다는 듯한, 도구를 대하는 듯한 말투.

실제로 그러했고 본인에게서 인정하는 말까지 들었건만, 결국 평민 출신 마인들도 이 말을 계기로 슈투름에게서 등을 돌렸다.

그 수는 백 명에 가까웠다. 마인 전체의 3분의 2에 해당하는 인원이었다.

결국 알현실에 남은 자는 제도를 몰락시킬 때부터 동참했던 첩보부대 출신의 쉰 명 정도뿐이었다.

알현실을 떠나는 마인들을 눈으로 좇던 슈투름은 깊은 한숨을 내쉰 후 입을 열었다.

"하아…… 대체 무슨 생각을 하는 건지……."

슈투름은 그들의 사고방식을 전혀 이해할 수가 없었다.
설마 진심으로 세계 정복이 가능하다고 생각하는 걸까?
"아마도 갑자기 얻은 분수에 넘치는 힘에 취한 거겠지요."
"그럴까요."
슈투름은 그럴지도 모르겠다며 납득했다.
그리고 측근인 밀리아는 말을 계속했다.
"여기에 남은 자는 비록 첩보부대라고는 해도 군에 소속됐던 군인들입니다. 방금 떠난 자들은 마인이 되기 전까지 전투를 경험해본 적 없는 일반인뿐이었으니까요."
"오, 잘 아시는군요."
"슈투름 님의 장기 말이 될 자들이니 전력을 파악해두는 건 지극히 당연한 일입니다."
밀리아는 개인적으로 제국 귀족들에게 강한 원한을 가지고 있었기에 슈투름의 제국을 멸망시키겠다는 야망에 동참한 것이었다.
더구나 그에게 심취했을 뿐만 아니라 마음마저 준 상황.
이 모든 것은 슈투름을 위해…….
그래서 조금 전에 떠난 마인들이 변변한 전투경험이 없다는 것도 파악하고 있었다.
게다가 자신들의 힘을 세계 정복을 위해 쓰고 싶어 하는 것도 알고 있었다.
알고 있으면서도 내버려 뒀다.

잘 알고 있었기 때문이다.

슈투름이 자신들에게 아무런 특별한 감정을 가지고 있지 않다는 사실을…….

용건이 끝나면 처분당할지도 모른다는 것도.

그래서 슈투름의 의사에 반하는 생각을 가져도 결국 처분당할 뿐일 테니 굳이 지적하지 않았다.

그런데도 선선히 그들을 놓아주는 슈투름의 태도에 의아함을 감추지 못했다.

"그보다, 괜찮으시겠습니까? 그들을 저대로 내버려 둬도."

"상관없습니다. 그들이 제 걸림돌이 될 리도 없을 테고…… 아, 그러는 편이 더 재미있겠네요. 무료함을 달래기에 안성맞춤이겠어요."

"슈투름 님……."

밀리아는 진심으로 만사에 의욕을 잃은 슈투름을 가엾게 생각했다.

주위에 전혀 관심을 보이지 않게 된 슈투름과 달리, 밀리아나 떠나간 자들에게는 마인이 되기 전과 별반 다르지 않은 감정이 남아 있었다.

밀리아는 슈투름에게 연정을 품었고, 떠나간 자들은 세계 통일이라는 야망을 품었다.

이건 스스로 마인이 된 자와 인위적으로 된 자의 차이일까?

진정한 마인인 슈투름은 자신들을 특별한 존재로 보지

않았다.

그래도 밀리아를 비롯한 남은 자들은 자신들에게 힘을 준 슈투름을 존경하고 숭배했기에 끝까지 따라가겠노라고 마음속으로 맹세했다.

그런 슈투름에게 뭔가 목표를 제시해보는 건 어떨까?

밀리아의 머릿속에 마침 번뜩이는 생각이 있었다.

"그러고 보니 슈투름 님. 전에 왕국에서 누군가에게 심한 상처를 입으셨던 적이……."

할 일이 없다면 할 일을 만들어주면 되지 않겠는가.

밀리아는 전에 다친 슈투름을 간병한 경험이 있었다.

한때 슈투름을 궁지에 몰아넣었던 자를 표적으로 삼는다면 의욕이 되살아나지 않을까 하는 생각에 화제를 꺼내보았다.

"……신 월포드 군말인가요. 그에게는 험한 꼴을 당했었죠."

"슈투름 님께 상처를?!"

"그, 그게 사실입니까?!"

슈투름이 인정하자 제스트를 비롯한 부하들은 한순간 자신들의 귀를 의심했다.

여기에 남은 자들은 슈투름의 힘에 진심으로 반해서 충성을 맹세한 자들뿐이었다.

그러다 보니 슈투름에게 큰 상처를 입힐 정도의 인간이 존재한다는 말을 곧이곧대로 받아들일 수 없었다.

하지만 슈투름은 그 사실을 뒷받침하는 말을 더 추가했다.

“예, 사실입니다. 저도 마찬가지였지만, 월포드 군도 전력을 다한 느낌이 아니었으니 상당히 골치 아픈 인간이죠.”

“그, 그런 인간이 세상에 존재한다고요?”

도저히 믿을 수가 없었다.

그 정도로 자신들은 슈투름과 거대한 힘의 격차를 느끼고 있건만.

정말로 그자는 인간이 맞기는 한 걸까?

그런 의문까지 들 지경이었다.

“조금 전에 떠난 자들 말입니다만…… 만약 월포드 군이 나선다면 얼마 안 가서 토벌당하겠지요.”

“그, 그 정도입니까…….”

“뭐, 그에게는 섣불리 손을 대지 않는 편이 좋습니다. 죽고 싶지 않다면요.”

마인들은 일제히 숨을 삼켰다.

그 슈투름이 이렇게까지 높이 평가하는 신 월포드라는 자의 정체는 대체?

두려움에 가까운 감정을 품기 시작하는 자도 있었다.

그런 가운데 첩보부대의 대장인 제스트는 어떤 계획을 세우기 시작했다.

그리고 밀리아는 자신이 슈투름의 사고를 유도하는 데 실패했다는 것을 깨달았다.

확실히 슈투름의 힘으로도 버거운 상대를 표적으로 삼는

건 너무 나간 걸지도 모르겠다.

그렇다면 대체 어떤 목표를 제시해야 좋을지 전혀 감을 잡을 수가 없었다.

그 순간 밀리아는 전부터 궁금하게 여겼던 일을 떠올렸다.

마침 좋은 기회였다.

다음 표적을 정하는 데 참고가 될지도 모르니 어디 한 번 마음을 굳게 먹고 물어보자.

"저기…… 슈투름 님. 슈투름 님께선 어째서 그렇게까지 제국을 증오하신 거죠? 제국 귀족이셨다고 듣긴 했습니다만……."

예전부터 궁금했다.

슈투름이 그토록 제국을 증오한 이유.

귀족을 원망하는 자가 많은 건 이해할 수 있다. 하지만 슈투름의 증오 앞에서는 평민도 벗어나지 못했다.

게다가 애초에 슈투름은 어째서 마인이 된 것일까.

그 전후 관계를 모르는 밀리아는 숙원을 달성한 지금이라면 혹시 알려주지 않을까 하는 기대감을 품었다.

"그러고 보니 말씀드린 적이 없었군요."

그러자 슈투름은 선선히 자신의 과거를 밝히기 시작했다.

"저는…… 원래 제위 계승권을 가진 공작이었습니다."

제3장 사랑했기에 더욱

지금으로부터 약 2년 전.

블루스피어 제국에는 어느 귀족이 다스리는 영지가 있었다.

그 영지를 다스리는 귀족은 제국의 제위 계승권을 가진 공작이었고, 그가 다스리는 영지에는 다른 제국 귀족이 다스리는 영지와 다른 점이 몇 가지나 있었다.

첫째로 세율.

농민이라면 수확량에서 몇 할.

일반 시민이라면 수입의 몇 할.

이 비율은 어디에서나 일정했다.

그리고 징세는 1년에 한 번 있었다.

일반적으로는 이게 당연하지만, 평민을 착취의 대상으로밖에 보지 않는 제국 귀족들에게는 그런 규칙 따윈 안중에도 없었다.

농민들의 생활을 간신히 굶주리지만 않을 수준까지 유지하면서 1년에 몇 번이나 세금을 거둬들이는 것도 결코 보기 드문 일은 아니었다. 일반 시민은 귀족이 입맛대로 정한 별

해괴한 세금들을 전부 내야만 했다.

하지만 이 공작령에서의 징세는 1년에 단 한 번, 일정한 세율을 납부하기만 하면 끝이었다.

그런데도 다른 영지들보다 많은 세수를 거둬들였다.

어째서일까.

수확량이 많고, 일반 시민의 수입이 높았기 때문이다. 그러니 그중 몇 할만 세금으로 납부해도 다른 영지들에 비해 당연히 금액이 클 수밖에 없었다.

제국의 농촌에 거주하는 농민 대부분은 겨우 굶주리지 않을 수준까지 착취당하고 있다 보니 경작 면적을 늘리고 싶어도 체력적인 문제 때문에 개간하지도 못하는 한편, 충분한 수입과 영양을 확보하고 있는 공작령의 농민들은 개간하기에 충분한 체력을 지니고 있었고 영주 또한 그런 농민들을 아낌없이 지원했다.

그 결과, 공작령의 경작 면적은 기하급수적으로 늘어났고 오히려 수확 시에 노동력이 부족할 지경까지 이르렀다.

많이 수확된 작물은 다른 영지로 수출해서 새로운 수입원이 되었다.

그리고 그 수입도 농지 개량에 투자한 덕분에 수확량은 계속 늘어나기만 했다.

그 결과가 매년 세수가 점진적으로 오르는 선순환이었다.

이런 정책이 시행된 것은 지금의 영주가 선대 영주로부터 영지를 물려받은 후부터였다. 그는 고달픈 생활에서 구원해 준 명군으로서 영민들의 존경을 한 몸에 받게 되었다.

그리고 그 영주는…….

"영주님 그런 차림으로 밭에 들어가는 건 제발 참아주십쇼!"

"그렇습니다! 모처럼 깨끗한 옷이 더러워질 거라고요!"

"뭐, 신경 쓰지 말게. 더러워진 옷은 빨면 그만이지 않은가."

시찰을 나온 농촌의 토지 상태를 확인하기 위해 작업복으로 갈아입지도 않고 밭에 들어가 흙을 만지고 있었다.

농민들은 크게 당황했다.

아무리 유복해졌다고는 해도 그건 어디까지나 예전과 비교해서다.

이제야 겨우 인간다운 생활 수준을 유지하게 된 정도라 자신들의 수입으로는 결코 손에 넣을 수 없는 값비싼 옷을 입은 영주가 그 옷이 더러워지는 것도 개의치 않고 흙을 만지작대고 있으니 그야 놀랄 만도 했다.

필사적으로 말렸지만 영주는 들은 척도 하지 않고 계속 안쪽으로 들어갔다.

"아, 아아. 깨끗한 옷이……."

"올리베이라 님은 어디서나 늘 저런 식이시다. 신경 쓰지 말도록."

"하, 하지만……."

호위를 맡은 병사가 왠지 체념한 듯한 목소리로 그렇게 말해도 농민들은 당혹스러움을 감출 수 없었다.

그 당혹스러움의 대상인 영주 올리베이라는 밭을 한차례 둘러본 후에야 납득한 표정을 지었다.

"응. 땅도 비옥한 상태를 유지하고 있고 작물도 건강하게 자라고 있어. 올해 수확량도 기대할 만하겠는걸?"

"아, 예! 그야 뭐. 영주님께서 시행하신 농지개혁 덕분에 어느 곳이나 전부 풍년입니다요. 오히려 수확할 때 일손이 부족할 정도라……."

"하하하! 그거 잘됐군. 아, 맞아. 그럼 내가 수확을 도와줄까? 다 같이 하면 즐거울 것 같은데."

"올리베이라 님…… 그러다 농민들이 정신적인 피로로 앓아누울지도 모르니 농담은 그 정도만 하시지요."

"응? 진심이었는데?"

"올리베이라 님……."

"알았어, 알았다고."

호위병의 말에 마지못해 납득한 올리베이라는 수확에 참가하는 걸 포기했다.

그러자 농민들은 안도의 한숨을 내쉬었다.

이것도 다른 영지에서는 상상도 못 할 일이었다.

영주가 농작물의 수확에 참가하는 것뿐만 아니라…… 영주와 호위병의 대화 내용까지도.

제국 귀족에게 호위병이란 완벽한 예스맨이다.

절대로 귀족의 뜻을 거스르지 않는다.

결코 주인인 귀족에게 충성을 맹세했기 때문이 아니다.

그런 불경을 저질렀다간 그 자리에서 처형당할지도 모르기 때문이었다.

그런데도 조금 전의 병사는 영주인 올리베이라의 언동에 주의를 주었다.

그리고 올리베이라도 마지못한 기색이었지만, 그 주의를 받아들였다.

농민들과 약간 더 대화를 나눈 올리베이라가 마침내 촌장의 집으로 떠났다.

올리베이라가 떠난 후에 남은 건 농민들의 한숨 소리뿐이었다.

"하아…… 긴장했어."

"올리베이라 님은 훌륭한 분이시라 싫은 건 아니지만……."

"너무 태도가 가벼워……. 귀족님과 이야기하는 게 이렇게 긴장될 줄은……."

농민들은 한 번 더 한숨을 내쉬고 올리베이라가 떠난 방향을 바라보았다.

그리고 그 올리베이라는 마차를 타는 게 아니라 걸어서 촌장의 집으로 가고 있었다.

"이 마을도 인구가 꽤 늘었네."

"예. 올리베이라 님의 농지개혁으로 경작 면적이 늘어났으니까요. 일손이 부족하다 보니 다른 영지에서 넘어온 자들도 받아들이고 있는 모양이더군요."

"흐응. 그럼 더 늘어나려나?"

"예. 다만, 농촌만 인구가 늘어나는 것도 문제입니다. 요즘 도시에서는 노동력 부족이 심각해진 업종도 있다고 하니까요."

"어디나 가장 부족한 건 사람인가……."

"부유해진 만큼 문제도 생기기 마련이군요."

"그건 그래."

이것도 영주와 『호위병』의 대화였다.

호위를 잔뜩 거느리는 걸 싫어하는 올리베이라는 호위병을 딱 한 명만 대동한 채 이곳저곳을 시찰하며 다녔다.

당연히 올 때도 단 둘뿐이었던 것은 아니다.

어디까지나 이건 현지 시찰.

도시와 마을을 둘러볼 때만 적은 인원으로 움직였다.

이때 동행하는 인간에게는 어느 정도 영지 경영에 관한 지식이 요구되었다. 지식이 없으면 대화가 이어지지 않을 테고 조금 전처럼 의견을 내지도 못할 테니까.

따라서 아무리 병사라고는 해도 영지 경영 상황을 파악해 둘 필요가 있었고, 이 조건을 통과한 병사만이 올리베이라의 전속 호위로서 대동할 수 있었다.

이처럼 올리베이라의 행동은 제국 귀족으로선 이단에 가

까웠다.

올리베이라가 시행하는 정책은 평민을 우대하는 정책뿐.

자신도 직접 거리로 나가서 자신의 발과 눈으로 영지의 상태를 파악했다.

그리고 측근에게는 허심탄회하게 의견을 요구하기까지.

모든 면에서 이색적인 제국 귀족.

『올리베이라 폰 스트라디우스』

블루스피어 제국의 제위 계승권을 가진 스트라디우스 공작가의 당주이자—.

훗날의 올리버 슈투름이었다.

그런 성골 귀족 출신의 올리베이라가 평민을 우대하는 정책만 시행하는 건 어째서일까.

그의 아버지인 선대 스트라디우스 공작은 평민 우대 주의의 귀족이 아니었다.

오히려 평민을 착취의 대상으로 보는 전형적인 귀족이었다.

그의 아들인 올리베이라 또한 유소년기에는 아무런 의문도 없고 귀족 우대 사상을 받아들였다.

그랬던 올리베이라의 의식이 바뀐 것은 우연이었다.

평소와 다름없이 식탁 위에 차려진 식사.

그것을 본 올리베이라는 문득 이런 의문을 가졌다.

"아버지. 이 음식은 누가 만드는 건가요?"

"응? 그야 요리사가 아니겠느냐."

"아뇨, 그게 아니라 그 요리사가 요리하는 음식이요."

"아, 식재료 말인가. 농민이다. 그게 왜?"

"전 시중에서 이런 식재료가 만들어지는 걸 한 번도 본 적이 없어서요."

"하하하. 그야 그렇겠지. 이런 농작물과 가축은 농촌에서 생산하는 거다. 시중에서 보지 못하는 게 당연해."

"그런가요."

그때는 지나가는 말처럼 끝난 대화였지만, 어린 올리베이라는 이 일을 계기로 농촌에 관심을 가지기 시작했다.

더불어 세상의 구조 자체에도 관심을 두게 되었다.

스트라디우스령의 다음 공작으로서, 그리고 운이 좋으면 다음 황제가 될지도 몰랐기에 아버지의 기대를 한 몸에 받은 올리베이라는 본인도 관심을 가지고 있었던 영지경영에 관한 지식을 늘 적극적으로 배웠다.

그리고 열여덟 살이 된 올리베이라는 그때까지의 가치관이 한 번에 뒤바뀌는 귀중한 체험을 하게 된다.

제국의 교육기관을 학업, 검술, 마법을 전부 통틀어서 우수한 성적으로 졸업한 올리베이라는 마침내 아버지의 보좌역으로서 영지경영에도 참여하게 되었다.

하지만 그렇게 되면 앞으로는 자유롭게 시간을 쓸 수 없게 되므로 졸업 후에는 제국이나 다른 나라에 여행을 다녀오는 것이 제국 귀족 자제들의 관례였다.

그런 가운데 올리베이라가 선택한 길은 학원에서 알게 된 다른 귀족 자제들 — 공작가의 후계자인 올리베이라보다 격이 높은 가문은 존재하지 않았기에 모두 그의 추종자가 되고 말았지만 — 아무튼 그들과 함께 마물 헌터의 생활을 경험해보는 것이었다.

이런 위험천만한 계획을 곧이곧대로 실토했다간 반대당할 게 불 보듯 뻔할 테니 올리베이라는 친구들과 함께 여행이나 다녀오겠다는 식으로 보고했다.

실제로는 친구라기보다 부하에 가까운 관계였지만, 그들도 표면상으로는 학교에서 생긴 친구들인 게 맞았으니까.

우정을 쌓는 데 방해가 된다는 명목으로 호위의 동행도 거절했지만, 동행자를 우등생들로만 모은 덕분인지 간신히 아버지의 허락을 받아낸 올리베이라는 염원했던 마물 헌터의 삶을 경험해볼 수 있게 되었다.

제국 귀족의 자식으로서 사치스러운 생활을 영위하는 대신 늘 호위라는 이름의 감시자를 피할 수 없었던 그들은 진정한 의미를 자유를 경험해본 적이 없었다.

아주 짧은 기간이지만, 가문의 감시에서 벗어난 그들은 태어나서 처음 얻은 자유를 만끽하기로 정했다.

자신들의 신분을 밝히면 가는 곳마다 우대를 받겠지만, 이 경우에는 틀림없이 가문에 동향을 파악 당하게 될 것이다.

그래서는 모처럼 얻은 자유가 아깝지 않은가.

하지만 제국의 평민으로 사는 게 얼마나 괴로운 일인지는 자신들이 가장 잘 알고 있었다.

그 결과, 일행의 행선지로 정해진 것은 평민 우대 정책으로 유명한 나라.

알스하이드 왕국이었다.

이 나라의 사고방식은 귀족 지상주의에 물든 그들로서는 결코 받아들일 수 없는 종류의 사상이었지만, 평민으로서 자유롭게 살기에는 이보다 좋은 나라가 없었다.

과거에는 이 세계의 패권을 다툰 나라였지만 그것도 거의 2, 3세대 전의 일이었다.

그러다 보니 요즘 세대의 젊은이들은 알스하이드 왕국을 딱히 기피하지도 않았기에 그들의 행선지는 문제없이 그곳으로 결정되었다.

각자 친가인 영지에서 일단 학원이 있는 제도에 모인 후 알스하이드 왕국으로 출발했다.

우수한 학생이었던 그들은 이공간 수납 마법을 쓸 수 있었으므로 필요한 건 거기에 넣고 갈 수 있었지만, 돈만큼은 마물을 사냥해서 얻기로 했다.

태어나서 처음 경험하는 친구들과의 여행.

부모와 호위를 의지하지 않고, 자신들만의 힘으로 마물을 사냥하고, 보수로 현금을 얻고, 여관을 잡고, 식사를 하고, 여행 중에 들른 도시에서 눈에 띈 여자애를 헌팅해보기도 하고, 차이기도 하고, 때로는 일이 잘 풀려서 즐거운 시간을 보내기도 하고, 그 광경을 친구들이 부러운 눈으로 보기도 하는 등.

즐거웠다.

그냥 별생각 없이 저지르는 행동 전부가 신선하고 즐거웠다.

그런 여행을 만끽하던 올리베이라 일행은 여행 도중에 어떤 광경을 목격했다.

어릴 때부터 관심을 가졌던 블루스피어 제국의 농촌 지대.

마침내 염원이 이루어졌건만 올리베이라는 처음 본 그 광경에 실망을 금할 수 없었다.

인간이 삶을 영위하기 위해 반드시 필요한 식량.

그것들을 생산하는 농촌은 몹시 쇠락했고 농민들에게도 기운, 아니 생기 자체가 없었다.

그때까지 방문한 도시에서는 평민이라 해도 최저 수준의 생활은 유지하고 있었다.

착취당하는 현실에 불만을 늘어놓으면서도 술집이나 거리에는 그럭저럭 활기가 있었다.

하지만 이곳은 어떠한가.

농민들은 그저 묵묵히 일만 했다.

그 얼굴에는 충실감과 의욕이 없었다.

농지는 대충 보기에도 척박했다. 비전문가인 올리베이라도 정말로 여기에서 작물이 자라기나 할지 걱정이 될 정도로…….

"올리베이라 님, 왜 그러시죠?"

추종자 중 한 명인 자작가의 자제가 말을 걸었다.

"아, 응. 여긴 우리가 먹는 작물을 키우는 농촌이잖아? 그런데 이런 상태로 괜찮을까?"

"어? 아, 그거라면 걱정하실 필요 없습니다."

"어째서?"

"한 농촌에서 수확할 수 있는 양이야 뭐 뻔하니까요. 그러니 이런 농촌을 잔뜩 만들어서 농작물을 거둬들이고 있습니다."

"이런 농촌이 더 있다고?"

"아니, 농촌이야 어디나 다 비슷할걸요? 뭐, 공작가의 후계자이신 올리베이라 님께선 아실 필요도 없는 일이지만요."

올리베이라는 인간의 삶을 지탱하는 농촌이 이런 처참한 상황이었다는 것에 작지 않은 충격을 받았다.

매일 맛있게 먹는 음식.

그 음식을 제공하는 농촌에는 틀림없이 다양한 식재료가 넘칠 줄 알았다.

하지만 현실은 어떠한가.

이런 쇠락한 농촌에서 과연 얼마나 농작물을 거둬들일 수 있을까.

아무리 수가 많다 해도 도시나 자신들이 사치스럽게 먹을 양을 모으려면…….

농민들에게 생기가 없는 게 당연했다.

제위 계승권을 가진 공작가라는, 권력의 최고봉.

그곳에 속한 인간이라면 거의 평생 접할 일이 없을 현실.

그 현실을 직면한 순간부터 올리베이라의 가슴에는 형언할 수 없는 감정이 들끓기 시작했다.

그런 답답한 기분 속에서 여행은 계속되었다.

그리고 마침내 일행은 한동안 거점으로 삼을 알스하이드 왕국에 도착했다.

블루스피어 제국과 알스하이드 왕국의 국경을 넘고 목적지인 왕국에 진입한 올리베이라가 본 것은—.

제국 내에서는 눈 씻고 봐도 찾아볼 수 없었던 비옥한 곡창지대였다.

올리베이라는 말문이 막혔다.

추종자들도 놀라움을 감추지 못하는 기색이었다.

"하하. 이 광경에 놀라는 걸 보아하니 너희는 제국 사람들이로군?"

그러자 넋을 잃은 올리베이라 일행에게 말을 거는 남자가 있었다.

마물 헌터 같은 차림을 한 남자였다.

"아, 응. 그건 그런데. 어떻게 알았지?"

"그야 이 광경에 눈길을 빼앗겼으니까 그렇지. 제국에서 처음으로 알스하이드를 방문한 인간은 대부분 똑같은 반응을 보이거든."

올리베이라는 납득했다.

지금까지 제국에서 본 것은 정말로 농작물을 수확할 수 있을지 의심이 갈 정도로 쇠락한 농촌들뿐이었다.

하지만 이 광경은 어떠한가.

마치 주변 일대에 황금빛 융단을 펼쳐 놓은 것 같았다.

그리고 올리베이라는 또 다른 의문이 생겼다.

제국과 왕국의 차이.

그 차이를 조사해서 적용하면 제국도 더 번영할 수 있지 않을까.

그런 생각에 도달한 올리베이라는 제국에 돌아가기 전까지 마물을 사냥하면서 왕국의 정치 형태를 조사하기로 결심했다.

알스하이드 왕국의 어느 도시를 거점으로 삼은 올리베이라의 생활은 무척 충실했다.

제국보다 풍부한 음식과 활기가 넘치는 거리.

거리에서 보이는 평민들의 얼굴에는 너나 할 것 없이 충실감이 넘쳤고, 마물 토벌 의뢰를 받고 찾아간 농촌지대의 농민들조차 마찬가지였다.

그리고 무엇보다 가장 놀랐던 것은 평민조차 매일 학교에 다니고 있는 것이었다.

제국에서 어린이는 어엿한 노동력이었다.

그런 귀중한 노동력을 낮에 생산과 관계없는 학교에 보내는 건 제국에서는 귀족이나 부유한 상인들 정도만 가능한 일이었다.

그리고 무엇보다 평민들이 지식을 갖는 건 지배계층 입장에서는 그리 좋은 일이 아니었다.

제국에서는 상상도 할 수 없는 일이었지만, 올리베이라는 이것이야말로 국가의 올바른 모습이 아닐까 하는 생각을 하기 시작했다.

하지만 추종자들은 그와 다른 생각을 한 모양이었다.

알스하이드에 체재한 지 한 달쯤 지났을 무렵, 추종자 한 명이 이렇게 제안했다.

"올리베이라 님. 슬슬 제국으로 귀환하면 안 되겠습니까? 영지를 너무 오랫동안 비울 수도 없는 노릇이고, 무엇보다…… 이 나라의 인간들은 너무 버릇이 없습니다!"

"맞습니다. 아무리 신분을 감췄다곤 해도 우리는 선택받은 인간인 제국 귀족입니다. 왕국의 평민 놈들 사이에 섞여서 생활하는 것도 슬슬 인내심의 한계입니다."

"그런가……. 너희가 그렇게까지 말한다면 어쩔 수 없겠지. 확실히 너무 오랫동안 자리를 비우면 아버지께 호통을 들을 것 같기도 하고."

이렇게 해서 일행의 알스하이드 여행은 막을 내렸지만, 젊은 올리베이라의 마음에는 큰 영향을 준 경험이었다.

아버지가 공작일 동안에는 얌전히 따르는 척하다가 자신이 작위를 물려받은 순간, 대담하게도 제국의 상식을 벗어나는 정책을 선포했다.

◆

올리베이라가 공작이 되고 몇 년 후.

스트라디우스 공작령의 중심가에 있는 영주의 저택.

이미 해가 저물었는데도 아직 촛불이 방 안을 밝히고 있었다.

"여보, 이제 좀 쉬세요."

"음, 아리아인가. 아, 이 지역의 수확량이 다른 곳보다 적어서 고민하던 중이었어."

촛불 아래에서 정사를 돌보고 있었던 건 다름 아닌 올리베이라였다.

낮에도 바쁘게 돌아다니고 집에 돌아온 후에도 업무의 연속.

아내인 아리아는 그런 올리베이라의 몸을 걱정하며 휴식을 권했다.

그녀는 약간 품이 넉넉한 잠옷을 입고 있었고 배가 약간 나와 있었다.

"백성들을 위해 애쓰시는 건 좋지만…… 전 당신의 몸이 더 걱정이에요."

"하하, 너야말로 몸을 잘 간수해야지."

그렇게 말한 올리베이라는 아내의 배를 쓰다듬었다.

"드디어 생긴 우리의 보물이니까."

"후훗, 예. 여보."

올리베이라는 제국 귀족치고는 보기 드문 애처가였다. 첩실을 들이지 않고 정실인 아리아만을 사랑했으며, 아리아 또한 그런 남편을 지극히 사랑했다.

그럼에도 한동안 아이가 생기지 않아 걱정했지만, 얼마 전에 드디어 아리아의 임신 사실이 확인된 덕분에 겨우 한숨 돌린 참이었다.

이런 화목한 부부 관계는 세간에서 평판이 좋았고, 평민들에게는 이상적인 부부상으로서 인기가 높았다.

게다가 영지 또한 살기 좋다는 평이라 영주인 올리베이라 자신의 인기도 높았다.

그런 스트라디우스령을 동경한 평민들은 너나 할 것 없이 이주를 원하게 되었다.

생산량이 늘어난 탓에 만성적인 일손 부족에 시달렸던 스트라디우스령은 물론 그들의 이주를 환영했다.

그러자 다른 영지의 귀족들은 당연히 그런 현상을 달갑게 여기지 않았다.

착취의 대상인 영민의 감소는 곧 세수의 감소를 의미했기 때문이다.

제국에는 영지 이주를 금지하는 법이 없었기에 그들은 영주의 권한으로 다른 영지에 이주를 막는 조례를 세웠다.

하지만 인간이란 막으면 오히려 더 하고 싶어 하는 생물. 그 조례를 무시하면서까지 스트라디우스령으로 이주하려는 시도가 끊이지 않았다.

같은 제국 내라 관문도 없다 보니 영민의 유출을 힘으로 막는 것도 불가능했다.

그리고 영주들뿐만 아니라 다른 차기 황제 후보도 올리베이라를 고깝게 여겼다.

영민의 증가로 세수도 증가. 자본의 확대로 사업도 확대. 또한 중앙에 바치는 세수도 증가함으로써 황제 선거 레이스에서도 한발 앞선 모양새가 되었다.

이대로 가면 올리베이라가 황제가 되고 만다.

그렇게 되면 평민 우대 정책을 펼칠 테니 지금까지 당연하게 누렸던 혜택도 줄어들 것이다.

그런 욕망과 권력으로 점철된 고민이 그들의 사고를 지배했다.

그리고 그 허점을 노린 자가 있었으니, 바로 당시에는 아직 공작이었던 헤럴드 폰 리치몬드였다.

"제군, 잘 왔다."

"예! 리치몬드 공작님이야말로, 강녕……."

"아, 딱딱한 인사는 집어치우고 오늘은 내 자네들에게 긴히 부탁할 게 있네."

"예, 말씀만 해주십시오."

"스트라디우스를 제도로 불러."

"스트라디우스 공작을…… 말입니까?"

"그래. 자네들은 스트라디우스령에 영민을 빼앗긴 영주들이지?"

"그, 그건……."

"아, 그렇다고 질책하려는 건 아니다."

"예에……."

"스트라디우스…… 눈에 거슬리지?"

"그야 당연하지요! 저희 영민을 빼앗아가서 자기 잇속만 채우는 그놈 생각만 해도 복장이 뒤틀릴 지경입니다!"

"그렇겠지, 그리고 영민을 빼앗아간 결과, 놈은 많은 상납금을 바쳤다는 명목으로 공헌을 인정받아서 귀족원의 평가도 높다."

"영지도 없는 법의 귀족 놈들이! 우리가 얼마나 고생하는 줄도 모르고 그런 평가를!"

제국 귀족에는 두 종류가 있다.

영지를 다스리는 영지 귀족과, 비록 영지는 없지만 제국에 대한 공헌을 인정받아 귀족위에 오른 후 국회에 해당하는 귀족원에서 일을 하며 국가의 녹을 받는 법의 귀족이다.

과거의 영지 귀족들이 자신들의 영지를 다스리느라 — 착취를 통해 호화스러운 생활을 즐기느라 — 바빠서 귀족원에서는 도저히 일할 여유가 없다고 주장했기 때문에 현재의 귀족원은 이들 법의 귀족들만으로 구성되어 있었다.

따라서 올리베이라가 평민을 우대하는 정책을 펼쳐도 국가의 녹을 받는 그들의 수입에는 영향이 없었고, 직접 평민과 만날 일도 없으니 자존심이 상할 일도 전혀 없었다.

그런 법의 귀족들의 평가가 높다는 뜻은…….

"이대로 가면 스트라디우스가 차기 황제가 될 거다."

"그, 그럴 수가! 놈이 황제가 되면 평민 우대 정책을 시행할 텐데!"

"그렇게 되면 곤란하겠지?"

"저희는 선택받은 인간입니다! 그런 난폭한 짓을 받아들일 수 없습니다!"

"그래서 말이다만, 자네들이 스트라디우스를 제도로 불러. 그 틈에 내가 놈을 실각시켜주지."

"그 말씀이 사실입니까?!"

"그래. 그러니 자네들은 스트라디우스를 최대한 제도에 붙들어놓게. 이유는 뭐가 됐든 상관없으니."

욕심으로 이성이 흐려진 귀족들은 헤럴드의 명령을 듣고 어떻게 스트라디우스를 제도에 묶어둘지 의견을 나누기 시작했다.

"크크크, 스트라디우스……. 넌 이제 끝이다."

헤럴드는 그런 귀족들을 지켜보면서 웃음이 나오는 것을 참지 못했다.

◆

헤럴드의 소집을 받은 귀족들의 회합이 열리고 며칠 후, 올리베이라에게 연락이 왔다.

영지 경영에 성공해서 수입을 늘린 수완을 배우고 싶다는 요청이었다.

이 연락을 받은 순간, 올리베이라는 새 시대의 도래를 예감했다.

"아리아! 아리아! 이것 좀 봐!"

"어머, 왜요? 여보."

"귀족들이! 다른 귀족들이 내 생각에 찬성해줬어!"

"어머나! 정말 경사스러운 일이네요! 그런데 갑자기 왜?"

남편인 올리베이라의 사상에 공감해주는 사람이 있다는 건 기쁜 일이었다.

하지만 아리아는 다른 귀족들이 남편을 마뜩잖게 여기고

있다는 걸 알고 있었다.

그런 귀족들이 손바닥을 뒤집은 것처럼 올리베이라의 생각에 긍정적인 반응을 보냈다고 한다.

무슨 음모가 있는 게 아닐까? 그런 생각이 드는 것도 당연했다.

"서신에는 예상보다 세수가 들어오지 않아서 이대로 가면 중앙에 보낼 상납금도 빠듯하다나 봐. 그래서 이젠 수단 방법을 가릴 형편이 아니라고 적혀 있었어. 지푸라기라도 잡고 싶은 거겠지."

옳거니. 어느 정도 납득이 가는 이야기였다.

하지만 정말로 이유가 그것뿐일까?

"가까운 시일 내에 제도에 와서 귀족들에게 영지 경영에 대한 가르침을 내려달라는 내용도 적혀 있더군."

"제도로요? 정말로 괜찮을까요?"

"상납금의 납부가 늦어지면 작위를 박탈당해. 특권을 지키기 위해서라면 뭐든지 하고 싶은 거겠지. 그러니 살해당할 걱정은 없어. 아무튼 그들에게 무엇보다 중요한 건 작위일 테니까."

작위 박탈은 귀족에게는 사형 선고나 다를 바 없는 일이었다.

그 상황을 피하기 위해서라면 사상 차이 정도는 감수할 수밖에 없는 것이리라.

"그런 이유라면 저도 더 뭐라고 하진 않을게요. 하지만 저에게 가장 소중한 건 다른 귀족들이 아니라 당신이에요. 그걸 잊지 말아 주세요."

"걱정하지 마. 이래 보여도 젊었을 때는 마물 헌터로 활동했던 적도 있으니까."

"겨우 한 달뿐이었잖아요?"

"하하, 역시 당신은 못 당하겠군."

확실히 올리베이라는 이 영지에서도 당해낼 자가 없는 실력자였다. 호위병도 자신은 장식에 불과하다고 말할 정도로.

올리베이라의 실력이라면 본인에게 닥친 적의를 충분히 극복할 수 있으리라.

하지만 아리아는 불안한 예감이 들었다.

'올리베이라에게 아무 일도 없기를.'

그녀는 그저 신에게 기도할 수밖에 없었다.

"그럼 다녀올게."

"예, 몸조심하세요."

"하하하, 내 실력은 너도 잘 알잖아? 군이 놓친 마물 따윈 상대도 안 돼."

"그래도 걱정할 수밖에 없는 게 아내인 거랍니다."

"후후, 고마워. 그럼 너도."

"예, 저도 조심할게요."

마침내 올리베이라가 제도로 향하는 날이 찾아왔다.

그는 걱정하는 아내의 배웅을 받으며 제도로 출발했다.

"마침내 이날이 왔군요. 올리베이라 님."

"그래. 확실히 내 방식은 이 제국에서 이질적이었겠지. 하지만 귀족이 평민을 착취하기만 해선 언젠가 파탄이 일어날 수밖에 없어. 사실 지금도 아슬아슬한 상황이지."

올리베이라는 제국의 미래를 걱정하면서 마차 밖으로 시선을 돌리고 혼잣말을 중얼거렸다.

"여기가 분수령이야. 여기서 궤도를 수정하지 않으면 제국은 내부에서 무너지겠지."

그렇게 말하는 올리베이라의 얼굴에는 결연한 각오가 엿보였다.

그 목소리를 들은 호위병은 속으로 감탄했다.

공작이라는 최고위의 신분 때문에 평민 우대 정책을 시행한 올리베이라에게 대놓고 말한 사람은 아무도 없었지만, 사실 뒤에서는 『귀족의 긍지를 버리고 평민에게 고개를 숙인 어리석은 자』라는 험담을 듣고 있었다. 영지 일이 바빠서 제도의 귀족 모임에 참석하지 못했을 때는 『평민에게 아양을 부리느라 바쁜 분』이라는 조롱거리가 되기도 했다.

아마 올리베이라 자신도 어느 정도는 눈치채고 있으리라.

그런데도 자신의 생각이 옳다고 굳게 믿으며 스트라디우스령을 번영시키는 결과로 자신이 옳았음을 증명한 그는 이대로 나아가 이 나라를, 제국을 구원할 초석이 될 수 있기를 바라고 있었다.

'솔직히 다음 황제로 어울리는 건 이분뿐이지.'

병사는 창밖을 바라보는 올리베이라에게 새삼 충성을 맹세했다.

◆

제도의 스트라디우스 공작 저택에는 매일 많은 귀족이 드나들었다.

올리베이라도 처음에는 얼마나 올지 몰라 불안해했지만, 매일 끊임없이 찾아오는 귀족들의 모습을 보고 제국의 밝은 미래를 예상했다.

"세금을 거둔다고 해도, 애당초 기반이 되는 재산이 없으면 거둘 수가 없습니다. 그러므로 먼저 징세 대상인 평민들의 삶을 향상시켜서 재산을 늘리게 하는 것이 중요합니다."

"""오오오."""

한 명씩 대응하면 시간이 너무 많이 걸리겠다고 판단한 올리베이라는 몇 명씩 그룹을 형성한 후 강의 형식으로 자신의 정책을 설명했다.

귀족들의 반응은 제법 호의적이었다.

자신이 무슨 말을 할 때마다 획기적이다, 옳거니 하며 긍정적인 맞장구를 쳤다.

'내 생각을 받아들여 주고 있어.'

올리베이라는 진지하게 설명을 듣는 귀족들을 보고 지금 자신이 시대의 전환점을 목격한 게 아닐까 하는 감상을 품었다.

"허어, 과연 스트라디우스 공작님. 훌륭한 강연이었습니다."

"그렇군요. 설마 이런 방법으로 세수를 늘리셨을 줄이야."

"스트라디우스 공작님의 혜안에는 절로 고개가 숙여질 따름입니다."

강의를 들은 귀족들은 저마다 찬사를 보냈다.

강의 중에는 성실하게 메모까지 했다.

그들의 진심과 열정을 확인한 올리베이라는 그들의 영지 경영이 잘 풀릴 수 있도록 아낌없이 도와줘야겠다는 생각까지 했을 정도였다.

"모르는 부분이 있으면 언제든지 절 찾아주시지요. 전 한동안 제도에 있을 테니까요."

"호오, 그건 고마운 일이군요. 그럼 사양하지 않고 방문하도록 하겠습니다."

귀족들은 강의가 끝나자 재방문을 약속하며 스트라디우스 저택을 떠났다.

"제국은 변할 거야. 자네도 그렇게 생각하지 않나?"

올리베이라는 귀족들의 마차가 떠나간 방향을 쳐다보면서

호위병에게 말했다.

"예. 틀림없이 변할 겁니다."

그리고 병사는 황위에 올라서 제국 개혁의 선두 지휘를 하는 올리베이라의 모습을 상상했다.

두 사람은 그렇게 잠시 귀족들이 떠나가는 모습을 지켜보았다.

◆

제도의 어느 귀족 저택.

그곳에는 조금 전까지 올리베이라의 강의를 들었던 귀족들이 모여 있었다.

실컷 사치를 부린 요리들이 식탁 위에 차려져 있었고, 매너라곤 눈곱만큼도 찾아볼 수 없는 추잡한 소리를 내면서 조금 전에 들은 올리베이라의 강의에 대한 이야기를 나누고 있었다.

우적우적.

"들으셨소? 나는 그 강의 도중에 고함을 지르고 싶은 걸 총 다섯 번이나 참았다오."

우적우적.

"나는 웃음을 참느라 고생했소. 내일은 틀림없이 복근이 당기겠구려."

귀족들은 품위 없는 목소리로 낄낄 웃으며 동감했다.

조금 전에 보였던 고분고분한 태도는 눈을 씻고 봐도 없었다.

"애당초 상납금이 부족하다는 게 말이 되기나 하나. 용케도 믿었군."

"공작님은 평민들에게 워낙 관대하시다 보니, 1년에 한 번밖에 세금을 걷지 않으신다더군요."

"허허! 정말로 멍청하구려! 공작님은!"

"상납금 따윈 그때 또 세금을 거두면 얼마든지 채울 수 있는 것을."

크흐흐흐!

벽 앞에 서 있는 고용인들은 속으로는 어찌 생각하든 겉으로는 태연한 태도로 귀족들의 추잡한 웃음소리를 듣고 있었다.

그리고 귀족들의 대화를 듣고 있는 건 고용인들뿐만이 아니었다.

"오오, 그러고 보니 또 새 장난감이 생겼다오."

귀족 중 한 명이 그렇게 말하더니 근처에 있는 사슬을 잡아당겼다.

"꺽!"

그러자 전라의 소녀가 마치 짓밟힌 개구리 같은 비명을 지르며 귀족의 옆으로 끌려왔다.

"이 장난감은 최근에 손에 넣은 노예요. 제법 안는 맛이 있더구려."

제국에는 노예 제도가 존재한다.

표면상으로는 범죄자나 빚을 갚으려고 몸을 팔 수밖에 없게 된 자가 노예가 되지만, 귀족 사이에서는 평민이라면 아무나 노예로 삼아도 된다는 암묵적인 합의를 하고 있었다.

이 소녀도 불행하게 귀족의 눈에 띄어서 끌려온 평민이었다.

그리고 그 귀족에게 실컷 농락당한 후, 다른 귀족을 접대할 목적으로 이 자리에 끌려온 것이었다.

"호오, 그건 기대가 되는군요. 그럼 저도."

노예를 데려온 귀족은 한 명이 아니었다.

전원이 각자 노예를 데려왔고, 이 모임에서 다른 귀족의 노예와 교환해 즐겨볼 생각이었다.

제국 귀족 사이에서는 이런 인간의 존엄성을 완전히 무시한 놀이가 유행 중이었다.

크흐흐흐.

이히히히.

욕망을 억누르지 못하는 귀족들의 불쾌한 웃음소리가 식당 안에 울려 퍼졌다.

노예 소녀들의 눈에는 처음부터 생기가 없었다.

차라리 죽여 달라는 의지도 없었다.

완전히 마음이 망가진 상태였다.

다음 요리를 가져온 고용인은 그런 비상식적인 광경이 펼쳐지는 식당에서 일을 마치고 나왔다.

"인두겁을 뒤집어쓴 돼지 자식들……."

누구에게도 들리지 않을 작은 목소리로 중얼거리면서…….

◆

올리베이라가 제도에서 완전히 시간 낭비인 줄도 모르고 매일 귀족들에게 강의를 할 무렵.

스트라디우스령에서는 이변이 일어났다.

영민들의 실종 사건이 잇따라 발생한 것이다.

피해자는 젊은 여성과 아이들이었고, 사건이 발생한 시점은 해가 진 후가 아니라 대낮이었다.

영민들은 다음은 우리 집일지도 모른다며 불안과 공포에 떨었다.

그리고 영민들 사이에서 그런 중대한 사건이 벌어졌는데도 영주는 아무런 대응을 하지 않았다.

영민들은 그 사실을 의아하게 여기는 동시에 조금씩 불신감을 품기 시작했다.

그런 어느 날.

스트라디우스령을 방문한 어떤 남자가 도시에 사는 남자에게 말을 걸었다.

"자네, 잠깐 시간 좀 내줄 수 있겠나?"

"아, 예……. 무슨 용건이시죠?"

언뜻 보기에도 비쌀 것 같은 옷을 입은 남자를 보고 영민은 긴장했다.

아마 귀족이나 신분이 높은 관리이리라.

그런 사람이 말을 걸어온 자신의 처지를 한탄했다.

"너무 긴장하지 할게. 조금 물어볼 게 있는 것뿐이니."

"예…… 말씀하시죠."

"사실…… 난 제도에서 온 헌병대원인데, 이 도시에서 인신매매가 성행한다는 정보를 입수했지 뭔가. 자네, 혹시 뭔가 아는 거 없나?"

"이, 인신매매요?!"

"쉿! 소리가 커! 그런데…… 짐작 가는 일은?"

"아, 예……. 사실 요즘 여자와 아이들이 실종되는 사건이 계속 일어나서…… 다들 불안해하고 있던 참이었습죠."

"실종 사건……. 그거군."

"그건 그렇고 왜 제도의 헌병님께서……."

영민의 지극히 당연한 질문에 헌병은 경악스러운 비밀을 밝혔다.

"이건 비밀이네만…… 실은 이 도시의 영주가 관여한 것 같더군."

"여, 영주님이요?!"

"목소리가 크다고 하지 않았나!"

영민은 도저히 믿을 수가 없었다. 평민들을 위해 힘써온 영주님이 그런 지독한 짓을 하실 리가 없다고 생각했다.

"이 영지의 스트라디우스 공작은 평민 우대 정책을 펼치고 있다지?"

"아, 예. 덕분에 풍족한 생활을 누리고 있습죠."

"그게 미끼였던 걸세."

"미끼?"

"그래. 평민 우대 정책으로 인근 영지의 평민을 모아서…… 실제로는 노예로 팔아치우고 있었던 거지."

"서, 설마…… 그럴 리가……."

"곰곰이 생각해보게. 제국 귀족이 진심으로 평민을 위해 줄 것 같은가?"

"그, 그러고 보니……."

좀처럼 믿을 수가 없었다.

하지만 제국 귀족이 평민을 소중히 여긴다는 건 듣도 보도 못했다.

이야기를 들으면 들을수록 올리베이라의 평민 우대 정책이 부자연스럽게 느껴졌고, 헌병의 말이야말로 진실인 것처럼 들렸다.

"우리는 한동안 이 도시에 있을 걸세. 뭔가 있으면 알려주게."

헌병은 그런 말을 남기고 떠났다.

'이 녀석도 넘어왔군…….'

입가에 미소를 지으면서…….

사실 이 남자는 헤럴드가 보낸 공작원이었다.

헌병을 사칭하는 공작원들이 주변 마을에도 이런 소문을 퍼트리며 영민들의 의심을 부채질했다.

실은 인신매매도 이 공작원들의 소행이었다.

게다가 헤럴드는 시내에서 벌어진 실종은 대규모 범죄 조직이 제국 전토에서 벌이는 사건이므로 제도의 헌병대가 직접 조사하겠다는 취지를 영주의 저택에 전달했다.

이것으로 영주 측과 영민 측의 인식에 오차가 발생했다.

영주 측은 도시에서 일어난 사건은 전국 규모의 범죄이므로 지방 경비대가 함부로 참견했다간 수사에 차질이 발생할지도 모르니 일절 손을 대지 말라는 연락을 받고 섣불리 움직이지 못했다.

한편, 영민 측은 공작원의 유언비어를 믿고 일련의 실종 사건은 영주가 직접 가담한 것이기에 그 증거로 경비대가 움직이지 않는 것이라고 인식했다.

이렇게 해서 올리베이라의 선정으로 풍족한 생활을 누리던 영민들은 헤럴드의 모략에 완전히 넘어갔고, 감사는커녕 서서히 증오심을 품기 시작했다.

◆

스트라디우스령에서 벌어진 연속 실종 사건과 영민들의 불신감이 팽배해졌다는 소식은 헤럴드의 공작에 의해 올리베이라에게는 일절 전달되지 않았다.

그런 일이 벌어진 줄 꿈에도 모르는 올리베이라는 제도에서 두 달가량의 시간을 보냈다.

하지만 슬슬 아내의 출산일이 다가오자 일단 영지로 돌아가기로 결심했다.

그를 오랫동안 제도에 묶어뒀던 귀족들도 두 달이면 충분했다고 여겼는지 쾌히 보내주었다.

그리고 그 소식을 접한 헤럴드는 마침내 계획의 최종 단계를 실행했다.

올리베이라가 제도를 떠났을 무렵, 그의 영지에서는 가짜 헌병들이 도시 주민들에게 이런 말을 하고 있었다.

"다들 들어주게. 우리는 마침내 인신매매단의 꼬리를 잡았다. 이제 곧 마차로 이 도시를 떠날 예정인 것 같더군. 그 자들을 잡는 데 협력해주지 않겠나?"

이런 끔찍한 사건이 벌어졌는데도 아무런 대응도 하지 않는 영주에 대한 분노가 최고조에 달한 영민들은 깊이 생각하지도 않고 얼씨구나 그 요청을 받아들였다.

가짜 헌병들은 비웃음을 흘리면서 영민들을 마차가 있는 곳까지 유도했다.

"멈춰라!"

헌병을 사칭한 남자가 그렇게 외치자, 마차는 아무런 저항도 없이 정지했다.

"짐을 확인하겠다."

"이건 공작님의 마차입니다만? 누구 허락을 받고 오셨죠?"

"이건 황제 폐하께서 손수 쓰신 수사 영장이다. 반론은 용서 못 해!"

완벽한 촌극이었다.

연기는 서툴렀고, 영장도 실제로는 존재하지 않았다.

하지만 분노에 이성을 잃은 영민들은 전혀 눈치채지 못했다.

그리고 마차의 짐을 확인하자—.

"이봐! 이건 뭐냐!"

"공작님의 명령으로 배송할 상품입니다만."

마차의 짐칸에는…… 실종된 여자와 아이들이 밧줄에 묶인 채로 철제 우리 안에 갇혀있었다.

그 광경을 본 영민들은 확신했다.

헌병의 말이 사실이었다.

자신들은 달콤한 미끼에 이끌려온 먹잇감이었다.

영민들은 분노를 참지 않았다.

영주는 악마였다.

그자를 타도하지 않으면 앞으로도 피해자가 계속 늘어나리라.

그렇게 되기 전에…… 올리베이라를 처단하자.

영민들의 머릿속에는 그 생각밖에 없었다.

잘 생각해보면 이상한 점이 많다는 걸 알 수 있을 텐데도 전혀 눈치채지 못했다.

"도시로 가서 모두에게 전하자! 영주는…… 아니, 올리베이라는 우리의 손으로 처단해야 할 적이다! 정의는 우리에게 있다!"

""우오오오오!""

공작원들은 분노에 사로잡혀서 영주의 저택을 습격하러 가는 영민들을 보고…… 웃었다.

"크큭큭. 평민이라는 건 하나같이 멍청하군."

"어쩔 수 없어. 지금까지 공부 같은 건 해보지도 못했을 테니."

"뭐, 그래서 이렇게 우리 귀족들의 뜻대로 움직일 수 있는 거지만 말이죠."

여기 있는 건 귀족의 장남 미만의 자제들, 가문을 잇지 못하고 무위도식하던 자들뿐이었다.

그런 그들이 공작인 헤럴드의 장래를 약속해주겠다는 말을 거절할 이유는 없었다.

애당초 귀족 사이에서는 평판이 나쁜 스트라디우스 공작

령이다.

계획에 가담하는 것에 대한 죄책감은 전혀 없었다.

자신들의 의도대로 움직이는 평민들을 지켜보면서 담소를 나누는 도중 한 사람이 갑자기 이런 말을 꺼냈다.

"그런데…… 이놈들은 어쩌지?"

그 남자의 시선이 향한 곳은 밧줄에 묶인 채로 철제 우리에 갇혀 있는 여자와 아이들이었다.

분노에 사로잡힌 남자들은 그들을 풀어줄 생각도 하지 않고 도시로 돌아가고 말았다.

"진짜 바보 아냐?"

"뭐, 너무 그러지 마. 모처럼 우리에게 장난감을 남겨줬으니 고마워하지 못할망정."

"크큭! 하긴 네 말이 맞네. 그럼 적당히 가지고 놀다가 처리할까?"

"그러자."

평민들을 착취의 대상으로밖에 보지 않는 그들에게는 자비심 따윈 전혀 없었다.

그리고…… 도시에 도착한 남자들은 자신들이 눈으로 본 것을 다른 영민들에게도 알리고 다녔다.

"다들 내 말 좀 들어봐! 우리가 방금 보고 왔어! 실종된 여자와 아이들은 영주의 마차에 실려서 팔려가는 중이었다고!"

"뭐라고?!"

"그 소문이 사실이었어?!"

"이곳의 영주는 악마야! 달콤한 미끼에 끌려온 우리를 먹잇감으로 보고 있었던 거라고!"

공작원들의 심계에 넘어간 줄 꿈에도 모르는 영민들은 자신들이야말로 정의라고 생각했다.

그리고 악의 화신인 영주를 처단해야 한다고 소리 높여 주장했다.

"이대로 영주를…… 아니, 올리베이라를 내버려 두면 다음 희생자가 늘어날 뿐이야! 지금이 우리 손으로 올리베이라를 처단할 때라고!"

영민들은 큰 소리로 호응했다.

헌터가 아닌 그들은 각자 집에서 무기가 될 만한 것을 들고 영주의 저택을 향해 움직였다.

"뭐지? 바깥이 소란스러운걸?"

"그러네요. 혹시 헌병분들이 시내에서 범인들을 발견한 게 아닐까요?"

헌병대를 사칭한 공작원들의 수작으로 도시의 정보를 전혀 접하지 못한 영주의 저택에서는 산달이 다가온 아리아가 고용인인 노년의 남성과 그런 대화를 나눴다.

아리아는 올리베이라가 제도로 떠난 날부터 매일 그의 무사를 기원했다.

그리고 다행히 올리베이라에게 안 좋은 일이 생겼다는 소식은 전혀 없었다.

기도가 통한 걸까?

그런 식으로 생각하면서도 벌써 두 달이나 사랑하는 남편과 떨어져 있어야 한 아리아는 외로움을 느꼈다.

하지만 출산일 전에는 돌아오겠다는 올리베이라의 말을 믿는다면 이제 곧 돌아올 터.

아리아는 창밖의 거리로 시선을 돌렸다. 저 길모퉁이에서 올리베이라를 태운 마차가 불쑥 나타나면 얼마나 행복할지 상상하면서…….

하지만 그 기대는 무참하게 짓밟혔다.

길모퉁이에서 나타난 것은 무장한 영민들이었다.

"뭐, 뭐지? 저 집단은!"

"저, 저건?! 이게 대체 무슨 일입니까!"

그 이상한 광경에 아리아뿐만 아니라 고용인도 경악했다.

올리베이라의 통치는 순조로웠다.

영민들이 불만스럽게 여기는 건 만성적인 일손 부족뿐. 도저히 이런 쿠데타를 일으킬 만한 사안은 아니었다.

그렇게 당황하는 사이에 무장한 집단은 저택 문 앞에 도착했다.

"네놈들! 이게 무슨 짓이냐!"

문지기를 맡은 병사가 그렇게 외쳤고, 다른 병사는 지원을 부르러 달려갔다.

"무슨 짓?! 시끄럽다! 이 악마의 개가!"

"아, 악마의 개?"

"우리는, 인두겁을 쓴 악마인 올리베이라를 토벌하러 온 거다!"

토벌.

인류에 해악을 끼치는 마물을 사냥할 때나 쓰는 말.

영민들이 설마 영주인 올리베이라에게 그런 말을 할 줄 몰랐던 병사는 할 말을 잃었다.

"됐으니까 어서 문 열어!"

그 영민의 고함에 제정신을 차린 병사는 요구를 거절했다.

"말도 안 되는 소리 하지 마! 그리고 영주님은 부재중이시다! 대화를 원한다면 나중에 다시 찾아와!"

"악마와 나눌 대화 따윈 없어!"

"우리는 영주를 토벌하러 온 거라고!"

영주가 부재중이라는 말은 귀에 들어오지도 않는 모양이었다.

솔직히 말해 영민들의 상태는 명백히 이상했다.

이대로 가면 막무가내로 쳐들어올지도 모른다.

병사가 그렇게 생각한 순간—.

"이제 됐어! 강행 돌파다!"

""우오오오오오!""

"앗?! 자, 잠깐…… 으아아아아악!"

병사는 끝까지 말을 잇지 못했다.

그 전에 영민들이 문으로 쇄도했기 때문이다.

그리고 쓰러진 문지기를 구타했다.

그사이에 다른 영민들은 일제히 문을 밀었다.

튼튼한 문도 수많은 인력 앞에서 불길한 소리를 내기 시작했다.

"좋아! 문이 열렸다!"

저택의 경비병들은 억지로 연 문으로 들어온 영민들에게 경고했다.

"멈춰! 멈추지 않으면 베겠다!"

"그래! 어디 해보시지!"

분노의 열기에 사로잡힌 채 자신들이야말로 정의라고 맹신하는 영민들은 그 경고를 무시했다.

영주의 저택에 상주하는 병사들은 숙련된 베테랑이었지만, 안타깝게도 중과부적이었다.

간신히 몇 명을 베었지만, 압도적인 숫자의 폭력 앞에는 속수무책이었다.

폭도로 변한 영민들이 떠난 후에 남겨진 것은 검에 베여

죽은 영민들과 얼굴을 알아볼 수 없을 정도로 구타를 당한 경비병들의 시체뿐이었다.

문을 돌파당한 순간, 고용인은 아리아를 데리고 탈출을 시도했다.

그러나 예상치 못한 사태가 벌어지고 말았다.

진통이 시작된 것이다.

"아…… 아윽! 하, 하필 이럴 때……."

"마, 마님! 괜찮으십니까!"

"응, 평소라면 문제없었겠지만……."

아리아는 방문을 응시하면서 고통으로 얼굴을 일그러트렸다.

"지금은…… 치명적일지도."

그 말을 듣자마자 고용인은 아리아를 업고 달아나고 싶었다.

하지만 출산이 가까운 그녀를 등에 업는 건 불가능에 가까웠다.

그렇다면 손으로 안고 달아날 수밖에 없겠지만, 이미 노인인 자신의 완력으로는 무리였다.

어쩔 수 없이 고용인은 아리아를 부축하면서 말했다.

"마님! 조금만 참으십시오! 여길 무사히 빠져나가기만 하면 틀림없이 당주님께서 구해주실 겁니다! 그러니 조금만!"

고용인은 어떻게든 아리아를 여기서 탈출시키고 싶었다.

하지만 무정하게도 그 소원은 이루어지지 않았다.

"올리베이라는 어디냐!"

문을 발로 차 날린 남자들이 방 안으로 쳐들어온 것이다.

"응? 넌 혹시 올리베이라의 마누라인가!"

"네, 네놈! 무례하다! 스트라디우스 공작부인이신 아리아 님께 무슨 망발을!"

"시끄러! 올리베이라는 어디냐! 숨기는 건 용서 못 해!"

이 폭도들은 올리베이라를 노리고 있었다.

설마 제도에 있는 귀족들이 아니라 소중히 여긴 영민들이 남편의 목숨을 노리리라곤 예상하지도 못했던 아리아는 크게 절망했다.

"네놈! 적당히 하지 못할까!"

"시끄럽다고 했지! 영감!"

조금 전부터 시끄럽게 소리를 지르는 남자는 경비병에게서 뺏은 검을 들고 있었고, 그 검을 고용인에게 휘두르려 하고 있었다.

"안 돼! 물러……."

하지만 그 말이 끝나기도 전에 남자의 검이 고용인을 향해 짓쳐 들었다.

"아아아악!"

고용인은 저항하지도 못하고 죽었다. 이제 아리아를 지켜줄 사람은 아무도 없었다.

"자, 그럼…… 올리베이라는 어디냐!"

"어, 없어! 그이는 계속 제도에 있었는걸! 이 영지에는 없어!"

"거짓말하지 마! 난 봤다! 공작가의 문장이 그려진 마차에 납치당한 여자와 아이들이 실려 있는 모습을! 올리베이라가 아니면 누가 그런 지시를 내렸다는 거야!"

"문장이 그려진 마차?"

아리아는 영문을 알 수 없었다.

"잠깐…… 그게 대체 무슨 소리지?"

"그러니까! 올리베이라가 영민을 납치해서 노예로 팔아치웠잖아! 시치미 떼지 마!"

"어서 올리베이라를 내보내!"

남자는 너무 흥분한 나머지 아리아의 말을 들으려 하지 않았다.

그래도 없는 인간을 내보낼 수는 없었다.

"저기, 제발! 내 말 좀 들어줘! 그이는 정말로 여기 없어!"

아리아는 필사적으로 남자들을 여기서 내보내고 싶었다.

그들은 뭔가 오해를 하고 있었다.

그렇다면 다른 날에 대화를 나눌 자리를 만든다면 그 오해를 풀 수 있을 거라 믿었다.

하지만 감정적이 된 나머지, 영주의 저택에 쳐들어와서 고용인과 경비병들을 살해한 남자들은 이젠 물러나고 싶어도 그럴 수 없는 상황이었다.

그리고 계속해서 올리베이라를 감싸는 눈앞의 여자가 터무니없는 악녀처럼 보이기 시작했다.

"그런가……. 너도 올리베이라와 똑같군."

그렇게 말한 남자는 조금 전에 고용인을 베어 죽인 검을 머리 위로 들어 올렸다.

"안 돼! 제발! 이야기를 들어줘!"

배에는 그토록 고대하던 자신들의 아이가 있었다.

이 아이를 지켜야만 한다.

그렇게 생각한 아리아는 순간적으로 배를 감쌌고…….

무방비해진 그녀의 머리 위로.

검이 떨어졌다.

◆

그때 올리베이라는 오랜만에 만나는 아내에게 줄 선물과 이제 곧 태어날 아이를 위한 장난감을 사 들고 영지로 향하는 중이었다.

"아리아는 괜찮겠지? 벌써 아이가 태어나진 않았겠지?"

"올리베이라 님, 진정하세요. 설령 산기가 드셔도 저택에는 의사가 상주 중이고, 어차피 올리베이라 님이 계셔봤자 별 도움도 안 될 테니까요."

"으으음. 도, 도움이 될지 안 될지 자네가 어떻게 알아!"

"그야 알죠. 제가 그랬으니까요."

이미 아내의 출산을 경험했던 호위병은 올리베이라에게 자신의 경험담을 입에 담았다.

경험자라고 하니 딱히 반박할 말이 없었다.

올리베이라는 애타는 마음을 가라앉히려고 한차례 심호흡을 했다.

"태어나는 아이는 사내아이일까, 여자아이일까?

"글쎄요. 그것만큼은 신께서 점지해주시는 거니까 뭐라 드릴 말씀이 없군요."

"사내아이라면 분명 강하고 현명한 아이겠지. 성인이 되면 같이 마물을 사냥하러 갈 수도 있을 거야! 여자아이라면…… 시집보낼 자신이 없는데."

호위병은 태어나기 전부터 자식 사랑에 어쩔 줄 모르는 올리베이라를 어이가 없는 눈으로 바라보았다.

그런 대화를 나누는 사이에 눈에 익은 지형이 보이기 시작했다.

조금만 더 가면 스트라디우스령의 도시가 보이기 시작하리라.

그렇게 생각하며 창밖으로 시선을 돌리자—.

"뭐, 뭐야…… 뭐냐고! 저건!"

영주의 저택에서…… 몸이 무거운 아내가 있는 자신의 집에서 연기가 피어오르고 있었다.

예상치 못한 사태에 사고가 정지했던 올리베이라는 퍼뜩 정신을 차리고 주위의 호위병들에게 외쳤다.

“누, 누가! 누가 말을, 말 좀 빌려줘! 무슨 일이 생긴 것 같아! 서둘러서 가야겠어!”

올리베이라는 호위병의 말을 빌려서 영주의 저택으로 달려갔다.

“나도 가겠다! 너희는 뒤에서 따라오도록!”

직속 호위병도 올리베이라와 나란히 말을 몰며 도시로 향했다.

“대체 무슨 일이 벌어진 거지?!”

“모르겠습니다! 하오나…….”

이런 일이 일어날 리 없다.

호위병은 그 말이 목구멍까지 튀어나오려는 것을 애써 삼켰다.

올리베이라는 늘 평민의 삶을 생각하며 생활수준을 향상시키기 위해 노력했다.

그리고 영민들도 감사하며 존경했을 터.

그러니 이런 일이 일어날 리 없다고 생각했지만…….

실제로 눈앞에서 벌어졌으니 말을 꺼낼 수가 없었다.

아무튼 전속력으로 말은 몬 두 사람은 기세를 줄이지 않고 도시 안으로 진입했다.

사람이 많은 시내에서 말을 타고 달리는 건 평소에는 상상도 할 수 없는 일이었지만, 비상사태라 어쩔 수 없었다.

그러자—.

"아앗! 올리베이라다!"

"뭐?! 정말이야?!"

"너, 이 자식! 올리베이라! 이 악마!"

그의 존재를 눈치챈 영민들은 고함을 지르며 물건을 마구 던져대기 시작했다.

"우왓! 뭐, 뭐야! 대체!"

당황했지만, 자신의 영민들에게 손을 댈 수도 없는 노릇이라 물건을 피하면서 계속 시내를 질주했다.

아무래도 말을 탄 사람을 따라잡을 수는 없었는지 영민들은 올리베이라의 뒤를 쫓아오기 시작했다.

"큰일이네……. 이대로면 저택까지 따라오겠어."

"올리베이라 님. 먼저 댁으로 들어가십시오. 제가 어떻게든 막아보겠습니다."

"……미안."

"아닙니다. 이게 제 역할이니까요."

잠시 후 저택의 참상을 목격한 두 사람은 말문이 막혔다.

억지로 열어서 떨어진 문.

그 앞에 쓰러진, 갑옷을 입고 있어서 겨우 인간이라고 식별한 물체.

비슷한 시체가 저택 입구 여기저기에 쓰러져 있었다.

그리고 칼에 맞아 죽은 듯한 영민들.

그 처참한 광경에 한순간 사고가 정지했지만, 그보다 먼저 아내의 안부가 걱정되었다.

"아, 아리아!"

올리베이라는 아내의 이름을 외치면서 안으로 달려 들어갔다.

저택 안은…… 마치 강도라도 든 것처럼 엉망이었다.

여기저기가 부서지고 불까지 붙은 데다 고용인들이 쓰러져 있는 모습도 보였다.

제도에 가기 전과 완전히 달라진 모습에 잠시 넋을 잃었지만, 정신을 차리고 바로 아내의 방으로 향했다.

그리고 마침내 도착한 아내의 방에는…… 남자가 몇 명 서 있었다.

그리고 그중 한 명은 검을 들고 있었고…… 그 검에는 피가 맺혀 있었다.

그리고…… 그 발밑에는…….

"아리아! 아리아아아아!"

올리베이라는 절규하면서 남자들을 마법으로 날려버렸다.

영민에 대한 배려 같은 건 이미 머릿속에 없었다.

올리베이라는 피 웅덩이 위에 쓰러진 아리아에게 달려갔다. 그녀의 몸을 품에 안고 살아있는 인간이라면 설령 태아라도 가지고 있는 마력의 유무를 확인했지만…… 아리아의 몸에서는 이미 한 줌의 마력도 느껴지지 않았다.

배 안에 있는 아이의 마력도…….

"세상에…… 아리아…… 아리아…… 눈 좀 떠봐. 몸조심하라고 했잖아……. 부탁이야, 아리아……. 아리아…… 제발……."

올리베이라는 믿을 수가 없었다. 지금 눈앞에 벌어진 현실을 받아들일 수가 없었다.

어째서 이런 일이 벌어진 것일까.

여기 있는 건 자신이 몸 바쳐 지켜온 영민들뿐이었다.

상황을 보아하니 아리아를 살해한 건 그들이리라.

어째서 이런 폭거를 저지른 것일까.

전부 이해할 수 없었다.

그리고 올리베이라는 그 분노를 남자들에게 터트렸다.

"왜죠?! 왜 이런 참혹한 짓을!"

그러자 비틀거리며 일어난 남자들이 올리베이라에게 욕설을 퍼부었다.

"그건 우리가 할 말이다! 전부 네 악행이 야기한 일인데!"

올리베이라는 남자가 무슨 말을 하는지 이해할 수 없었다.

"악행? 그……그게 대체 무슨 소리죠?"

"시치미 떼는 거냐! 난 전부 알고 있다! 네가 우리를 달콤한 말로 꼬드긴 먹잇감이라고 생각했던 것도! 주민들을 노예로 계속 팔아넘겼던 것도! 전부, 전부 알고 있다고!"

영문을 모르겠다. 그런 일은 생각해본 적도 없었다.

"그게 무슨…… 왜, 왜 제가 그런 짓을 저지른 걸로 되어 있는 거죠?!"

"웃기지 마! 난 봤어! 공작가의 문장이 그려진 마차로 납치한 여자와 아이들을 싣고 가는 광경을! 헌병대의 체포 현장에 동행했을 때!"

"헌병대의 체포 현장에 동행? 일반인인 당신이?"

"그래!"

그 시점에서 올리베이라는 명백히 이상한 부분을 눈치챘다.

"……이상하다는 생각은 안 해봤습니까? 헌병대의 체포 현장에 일반인을 동행시킬 리가 없는데……."

"그, 그건!"

범죄자를 체포할 때 당연히 헌병이나 경비병은 절대로 일반인을 동행시키지 않는다. 위험하기도 하고 무엇보다 방해가 될 수도 있기 때문이다.

하지만 변변한 교육도 받지 못한 그들은 그런 상식을 갖추지 못했다.

"그리고…… 제 문장이 그려진 마차로 납치한 사람을 옮겼다고요? 범죄나 빚이 아닌 이유로 노예로 만드는 건 위법인데? 명백히 암거래로 팔아치울 목적의 노예를 그런 멍청한 방법으로 옮길 것 같나요?"

"……."

확실히 듣고 보니 뭔가 이상했다.

그렇게 당당히 자신의 신분을 드러내는 인신매매범이 존재할까?

헌병대가 일반인을 체포 현장에 동행시킬까?

이제야 처음으로 깨달았다.

그리고 남자들은 밖이 소란스러운 것도 깨달았다.

"이봐! 올리베이라가 안으로 들어갔지? 내보내!"

"그게 무슨 소리야?! 됐으니까 집으로 돌아가!"

"웃기지 마! 말에 탄 올리베이라를 이 두 눈으로 똑똑히 봤다고!"

"올리베이라를 내보내!"

내보내라고 연호하는 영민들의 목소리를 듣고 그제야 깨달았다.

올리베이라는 방금 외부에서 돌아온 게 아닐까?

그 모습을 본 영민들이 이렇게 저택으로 몰려온 게 아닐까?

그리고 줄곧 이 도시에 없었던 사람이 그런 범죄를 저지를 수 있을까?

그리고 방금 올리베이라가 했던 말.

설마…… 아니, 어쩌면…….

자신들은 속은 게 아닐까?

이제야, 정말로 이제야 깨달았다.

그 생각에 도달한 순간, 영민들은 자신들이 무슨 짓을 저

질렀는지 자각했다.

저택에 집단으로 몰려와서 문지기와 경비병, 고용인들을 살해한 데다 끝에는…….

엄청난 짓을 저지르고 말았다.

창백하게 질린 얼굴로 후회했지만, 이미 늦었다.

이미 아리아를, 영주의 아내를 자신들의 손으로 죽이고 말았다.

자신들이 저지른 실수의 중대함을 깨달은 남자들은 새파랗게 질린 채 어찌해야 좋을지 몰라 갈팡질팡했다.

그리고 올리베이라는 슬픔의 심연에서 이 상황을 분석하기 시작했다.

자신이 없는 사이에 우연히 이런 일이 일어났다?

아니, 결코 그럴 리는 없었다.

자신이 이 도시에 없는 틈을 노리고 의도적으로 영민들에게 유언비어를 살포해서 증오심을 품도록 유도한 것이리라.

그렇다면 자신이 영지를 비운 것도 누군가의 의도가 얽힌 일이리라.

……귀족들도 한패거리였나.

그리고 그런 귀족들을 움직인 자.

그것은…….

"크크크. 아하하, 아하하하하하하!"

이 사태를 일으킨 범인을 특정한 올리베이라는 미친 듯이 웃기 시작했다.

이건 제위 계승권을 가진 공작의 소행이다.

선민의식이 강한 귀족을 자신의 책략을 위해 이용할 수 있는 건 모든 귀족의 정점이자, 다음 황제가 될 가능성이 있는 공작뿐이었다.

그리고 자신은 다른 공작들에게 미움을 받고 있었을 터.

즉, 이건 처음부터 끝까지 누군가가 꾸민 모략이었다.

이제야 자신의 정책을 다른 귀족들에게 인정받았다며 제도로 떠났던 것도—.

제도에 있는 자신의 저택에 분주히 드나들던 귀족들도—.

그리고 자신이 온 힘을 다해 지켜온 영민들을 속인 것도—.

전부 누군가가 의도한 대로였다.

올리베이라는 자신의 어리석음을 저주했다.

뭐가 제국의 미래냐.

제국은 이미 완전히 부패했다. 재건은 불가능했다.

그런 제국을 위해, 자신은 그런 미래를 꿈꿨던 건가.

올리베이라는 저주했다.

이 정도까지 부패해 버린 제국을.

권력을 지키기 위해 자신을 여기까지 몰아넣은 귀족을.

그리고 깊이 생각하지도 않고 타인의 말에 그대로 속아

넘어가서 지금까지 받은 은혜를 원수로 갚은 평민을.

전부 저주했다.

"아아…… 전 참으로 어리석었군요. 은혜를 원수로 갚는 이런 어리석은 자들을 위해, 이런 시시한 짓이나 꾸미는 귀족들을 활개 치도록 내버려 두는 제국을 위해 지금까지 애써 왔다니……."

올리베이라는 그렇게 말하면서 마력을 모으기 시작했다.

농밀한, 마법을 쓸 수 없는 자조차 근처에 있기만 해도 숨이 턱 막힐 정도의 마력을…….

저택 안은 물론이고 밖에 있는 자도 그 마력을 느꼈다.

"이, 이 마력은! 올리베이라 님!"

문 앞에서 영민들의 침입을 막고 있었던 호위병은 올리베이라가 모으는 마력을 느끼고 저택을 돌아보았다.

"뭐, 뭐지? 이 불길한 느낌은……."

"저, 저쪽! 저택의 저 방에서 느껴져!"

시내의 영민들도 그 마력을 느꼈다.

올리베이라가 모으는 마력은 우수한 마법사인 그조차 제어할 수 있는 양을 명백히 뛰어넘고 있었다.

게다가 영민들이 불길하다고 말한 것처럼 그 마력은…….

눈에 보일 정도로 새카맸다.

검고 불길한 마력이 방 안은 물론이고 저택, 시내까지 퍼져나갔다.

그 광경에 두려움을 느낀 영민들은 자기도 모르게 올리베이라에게 용서를 청했다.

“히익! 여, 영주님! 용서를!”

“용서? 이런 짓을 저지른 어리석은 인간들을 용서? 이제 와서 그게 할 소리입니까?”

그 말에 영민들은 절망했다.

그리고 올리베이라도 그 말에…… 이성을 잃었다.

“용서할까 보냐아아아아아아아! 너희도! 너희를 부추긴 귀족 놈들도! 그런 놈들을 활개 치게 한 제국도! 전부! 전부! 전부! 전부 용서 못 해애애애애애애애애애애!”

그 절규와 동시에 검은 마력이 폭발적으로 증가했다.

“아……아아……아아아…….”

절망을 느끼기에 충분한 광경에 영민들은 말을 잃었다.

계속 퍼져나간 검은 마력은 결국 도시를 완전히 뒤덮고 외부로까지 흘러나갔다.

“오, 올리베이라 님…… 대체 무슨?!”

“아, 으아…….”

상상을 초월한 사태에 호위병은 올리베이라의 안위를 걱정했지만, 영민들은 공포에 잠겨서 제대로 목소리도 내지 못했다.

그리고…….

"전부 사라져버려어어어어어어어어어어!"

마력이 폭발했다.

도시 중심부에 있는 영주의 저택에서 일어난 폭발은 심상치 않은 위력의 폭풍을 일으켰다.

그리고 폭풍은 방 안에 있던 남자들도, 저택 밖에 있는 영민들도, 마지막까지 올리베이라를 걱정한 호위병도, 대대로 물려받은 도시도, 그리고…….

세상에서 가장 사랑했던 아내의 유해조차 모조리 날려버렸다.

훗날 이 땅을 방문한 인간은 아마 자신의 눈을 의심하리라.

폭풍이 멎은 후에 드러난 광경은…… 바로 조금 전까지 도시가 있었다고는 도저히 상상할 수 없는—.

건물이 있고, 사람이 살았다고는 도저히 상상할 수 없는 황야가 끝없이 펼쳐져 있었다.

그리고 그 중심지에는 올리베이라가 홀로 서 있었다.

두 눈을 새빨갛게 번뜩이면서…….

"크크크, 하하하! 아하하하! 기다려주시지요, 블루스피어 제국……. 전부…… 황제부터 귀족, 평민에 이르기까지 전부 이 세상에서 지워드릴 테니까요……."

그리고…… 종적을 감춘 올리베이라는 알스하이드 왕국에서 올리버 슈투름이라는 이름으로 모습을 드러냈다.

◆

슈투름의 이야기를 들은 마인들은 그의 처참한 과거에 말문이 막혔다.

그리고 슈투름이 귀족뿐만 아니라 평민까지 평등하게 전부 몰살한 이유를 깨달았다.

그는 소중히 여겼던 영민들에게 배신당해서, 소중한 가족을 잃었다.

그 상황을 조장한 귀족들은 물론이고 간단히 속아 넘어간 어리석은 평민들도 용서할 수 없었던 것이다.

"조금 전에 나간 자들도 참 생각 없이 행동하더군요. 그놈들이 떠오르는 바람에 살의를 억누르느라 고생했지 뭡니까."

의외로 선선히 보내줬다 싶더니만, 사실 슈투름에게 그들은 자신이 증오했던 어리석은 평민과 다를 바 없는 존재였다.

슈투름이 내려준 힘인데도 그 힘이 자신의 실력이라고, 그 힘으로 세계를 정복할 수 있다고 착각했다.

그런 어리석은 자들을 자신의 곁에 둘 리가 없었던 것이다.

"그들은 알기나 할까요? 세계를 통일한 후의 미래를."

슈투름이 세계 통일에 적극적이지 않은 이유는 몇 가지가 있었다.

가장 큰 이유는 그다지 관심이 없기 때문이었지만, 아직 확정되지 않은 문제도 있어서였다.

그 문제란 다름 아닌 마인의 후세 문제였다.

자신이 마인이 된 지 2년.

자신이 인류 역사상 두 번째 마인이었고, 최초의 마인이 이성이 없었기 때문인지 그런 기록은 남아 있지 않았다.

만약 아이가 생기지 않는다면?

마인이 통치하는 세계는 한 세대로 끝이다.

설령 아이가 생긴다 해도 그 아이는 과연 마인일까, 아니면 인간?

마인이라면 그다음 세대는?

마인은 자연 발생하는 존재가 아니었다. 유전적으로 계승될 거라는 생각은 도저히 들지 않았다.

슈투름은 그런 문제가 확정되지 않은 상황에서 세계 통일 같은 번거로운 짓은 하고 싶지 않았다.

"아무것도 모르고 있겠지요. ……어차피 우둔한 평민이었으니."

남은 자들은 슈투름이 용케도 결별한 마인들을 죽이지 않았다며 식은땀을 흘렸다.

"맞아! 한동안 그들을 감상하는 건 어떨까요? 어떤 어리석은 짓을 벌이고 어떤 식으로 토벌당하는지, 아주 재미있는 구경거리가 될 것 같지 않습니까?"

마인들은 즐거운 듯이 말하는 슈투름을 두려움과…… 동정이 섞인 눈으로 바라보았다.

그런 가운데 밀리아는 한 가지 결심을 했다.

어떤 실험을 제안할 결심을…….

◆

제국 첩보부대의 전 대장인 제스트는 부하였던 남자를 불러서 어떤 지시를 내리려 했다.

"뭔가요? 제스트 님. 그 특별 임무라는 게."

"뭐, 슈투름 님의 말씀을 듣고 다음 목표를 찾아드릴까 싶어서."

"다음 목표?"

"잘 들어, 로렌스. 넌 떠나간 마인들 사이에 껴서 놈들의 행동을 이쪽의 지시대로 유도해."

"그 일이 어떻게 다음 목표가 되는 거죠?"

"다음 목표는 이미 정해졌다. 난 그자의 힘을 확인하려는 거다."

"예? 벌써 정하셨다고요?"

"그래. 다음 목표는……."

로렌스는 숨을 삼키고 이어지는 말을 기다렸다.

그리고 제스트의 입에서 나온 건 무시무시한 이름이었다.

"신 월포드다."

"예?! 서, 설마! 슈투름 님을 궁지로 몰아넣은 괴물이잖아요!"

"그래서 너에게 이 임무를 맡기는 거다."

로렌스는 그제야 이해했다.

자신의 사명은 마인들을 유도해서 신과 싸우게 해, 그의 전력을 파악하는 것이라고.

"그건…… 위험하지 않을까요?"

"후후, 너라면 해낼 거라고 믿는다. 기대하마."

"하아…… 그렇게까지 말씀하시면 거절하지도 못하겠잖습니까."

이렇게 해서 전 첩보부원인 로렌스는 슈투름과 결별한 마인들 사이에 껴서 그들의 행동을 유도하기로 했다.

◆

"아아~ 슈투름 자식에게는 실망했어."

"맞아. 이런 힘이 있으면 세계 정복 같은 건 눈 깜짝할 사이에 끝날 텐데 말야."

"그렇고말고."

꺄하하하하하!

바보 같은 웃음소리가 울려 퍼졌다.

지금 로렌스 일행이 있는 곳은 전에 그들이 멸망시킨 도시 중 하나였다.

마인이 된 후로는 마력이 포함된 고기를 섭취하면 생체활동을 유지할 수 있었지만, 그래도 수면은 필요했다.

그리고 아무리 마인이 됐다지만, 비바람에 몰아치는 곳에서 자는 건 역시 불쾌했다.

그래서 폐허로 변한 도시를 거점으로 삼았다.

그리고 그 거점에서는 자신들의 힘으로 세계를 정복하자는 이야기를 나눴다.

슈투름의 과거를 알게 된 로렌스는 이 머리가 텅텅 빈 평민 출신 마인들의 행동에 짜증이 나는 걸 견딜 수 없었지만, 어쨌든 이건 임무였다.

이들의 움직임을 유도하기 위해 바로 행동을 개시하려고 했다.

그러자 알현실에서 슈투름에게 반항적인 태도를 보인 마인이 터무니없는 말을 꺼냈다.

"제국을 멸망시켰으니 다음으로 노릴 건 역시 알스하이드 왕국이겠지!"

감탄하는 다른 마인들 사이에서 로렌스는 극심한 조바심을 느꼈다.

'대체 무슨 생각을 하는 거야! 이 멍청한 자식! 알스하이

드에는 터무니없는 괴물이 있는데!'

"저, 저기요!"

"응? 뭐냐."

조바심이 난 로렌스는 반사적으로 말을 꺼냈다.

"그게~ 아! 알스하이드 왕국으로 쳐들어가는 건 시기상조가 아닐까요?"

"아앙? 그게 무슨 뜻이지?"

"그, 그게 있잖아요! 알스하이드 주변에 있는 훨씬 작은 나라들이요. 그쪽이 더 간단할 테고, 무엇보다 주변국들을 제압한 후에 대국과 대치하는 쪽이 더 로망이 있잖아요?!"

로망은 또 뭐야?!

로렌스가 속으로 자기가 한 말에 태클을 걸고 있자, 그 마인은 뜻밖에도 긍정적인 반응을 보였다.

"흠. 주변국을 제압해서 대국이 된 후에, 또 다른 대국인 알스하이드와 대결이라…… 나쁘지 않군."

'다행이다! 머리가 나쁜 녀석이라 정말로 다행이야!'

간신히 알스하이드 왕국으로부터 시선을 돌리는 데 성공한 로렌스는 안도의 한숨을 내쉬었다.

"그럼 어디부터 공격하는 게 좋겠나?"

"흠, 일단 알스하이드에 조금이라도 위기감을 주고 싶으니…… 제국과 왕국, 양국에 인접한 스이드 왕국은 어떨까요?"

"옳거니. 알스하이드를 직접 공격하지 못해도 국경이 닿으면 위기감은 줄 수 있겠지. 제국 쪽에는 겁쟁이 슈투름이 있고. 좋아! 먼저 스이드 왕국부터 습격하자!"

"""우오오오오오오오!"""

로렌스는 작전이 성공하자 일단 가슴을 쓸어내렸다.

사실 그가 스이드 왕국을 언급한 건 전혀 다른 이유 때문이었다.

'자, 그럼…… 이젠 월포드가 나타나는 걸 기다리기만 하면 되나.'

알스하이드와 가까운 나라일수록 신이 올 가능성이 크다는 판단에서였다.

이렇게 해서 슈투름과 결별한 마인들은 며칠 후, 가장 가까운 스이드 왕국에 습격을 감행했다.

제4장 마인『집단』과의 전투

알스하이드 왕국의 왕도에서 아우구스트가 입태자의 의식을 치를 무렵, 구 제국령에 인접한 스이드 왕국에서는 병사들이 요즘 일과가 된 초계 임무를 수행 중이었다.

원래 주변국을 취합하려는 야망을 품은 제국에는 항상 감시의 눈을 번뜩이고 있었지만, 그 제국의 제도를 단숨에 함락시킨 마인들의 존재에 위기감을 느끼고 평소보다 더 감시체제를 강화한 상태였다.

마인들이 쳐들어오면 한시도 버티기 어려울 테니 비상시의 피난 경로를 확보하거나 알스하이드 왕국이 대여해준 통신기를 설치하는 등의 대책을 세웠다.

"그건 그렇고 실제로 쳐들어오면 얼마나 버틸 수 있을까?"

"흠…… 제국군은 반나절도 못 버텼다더라."

"……아무튼 주민들부터 대피시켜야겠네……."

"응……."

""하아…….""

스이드 왕국군의 초계부대가 절망적인 상황에 한숨을 내쉬며 최소한 주민들만이라도 피난시켜야 한다는 이야기를 나눈 순간—.

"이봐……. 저거……."

"어? 서, 설마……."

성벽 위에서 망원경으로 주위를 살피던 보초병이 시선을 향한 곳에…… 신호탄이 피어올랐다.

이것도 알스하이드 왕국에서 대여한 물건이었다.

통신기는 유선이라 이동을 겸한 경계에는 적합하지 않았고, 만약 마인이나 마물을 발견하더라도 기마로는 연락이 늦었다.

그래서 어떤 구조인지는 전혀 모르지만, 마도구를 작동하면 멀리서도 알 수 있도록 하늘 위에서 빛이 터지는 신호탄을 대여받은 것이었다.

신호탄의 색은 다양했고, 각 색마다 다른 의미를 가졌는데 방금 터진 저 색은…….

"……적색 신호탄이다……."

한순간 무슨 일이 벌어진 건지 이해하지 못한 보초병들은 바로 정신을 차리고 일제히 움직이기 시작했다.

"적색 신호탄을 확인! 마인의 습격으로 예상! 즉시 왕성에 연락을 보내! 그리고 전 주민에 피난 권고를!"

""라져!""

만에 하나를 대비해서 훈련을 반복한 덕분에 군과 주민들에게 신속한 지시가 전달되었다.

“또 적색 신호탄이 터졌습니다! 틀림없는 모양입니다!”

“제기랄! 설마 정말로 이런 일이 벌어질 줄이야!”

마침내 최악의 사태가 발생하자 병사는 욕설을 내뱉었다. 그리고 발언 후, 그 보고를 듣고 말았다.

“보입니다! 마인의 집단입니다!”

마인의 집단.

인류의 긴 역사상, 작년까지는 단 한 개체밖에 관측되지 않았던 마인이 집단으로 나타났다.

그야말로 악몽 같은 그 보고에 스이드 왕국군의 병사들은 현실 감각을 반쯤 상실했다.

“규모는?! 규모는 파악했나?!”

“마인의 수는…… 대략…… 대략 백!”

하나로도 절망적인 마인이 백 개체.

스이드 왕국의 병사들은 죽음을 각오했다.

그리고 하나 더 신경 쓰이는 정보를 확인했다.

“마물은?! 마물은 얼마나 있지?!”

“그, 그게…….”

“뭐? 헤아릴 수 없을 정도로 많은 거냐?”

너무나도 절망적인 상황이다 보니 병사의 입에서는 반사적으로 자학적인 말이 튀어나왔다.

그러나…….

“그게, 마물의 모습이 보이지 않습니다! 마인으로만 구성

된 집단입니다!"

"마인으로만?"

알스하이드가 준 정보와 달랐다.

마인이 마물 집단을 이끌고 출몰했다는 정보였지만, 이번에는 그 마물들이 없다고 한다.

"뭐…… 절망적인 상황이 최악의 상황으로 바뀐 정도인가. 전원에게 고한다! 성벽을 사수하라! 아니면 적어도 주민들에게 피해가 발생하는 것만은 막아!"

"""네!"""

스이드 왕국군의 지휘관이 지시를 내리자 군대가 일제히 성벽 밖으로 정렬했다.

"이 성벽은 절대로 통과하지 못한다! 이봐! 알스하이드에 보고를! 구원 요청도 함께!"

그렇게 말하고 전령을 통신기 쪽으로 보냈다.

하지만 전령은 절망적인 심경으로 중얼거렸다.

"보고는 바로 전달되겠지만…… 알스하이드에서 여기까지 대체 얼마나 걸리는 줄 알고……."

사실 스이드 왕국의 병사들은 다들 똑같은 생각을 했지만, 그래도 지금은 현대에 출몰한 마인을 토벌한 영웅의 힘에 매달릴 수밖에 없었다.

스이드 왕국병은 그런 일말의 희망에 기대며 알스하이드에 구원 요청을 보냈다.

"알스하이드에서 방어용 마도구도 빌려왔잖아? 여기서…… 여기서 최대한 시간을 벌어주마!"

그리고…… 마인 집단과 스이드 왕국군은 왕도의 성벽 앞에서 충돌했다.

◆

입태자의 의식 도중에 흑역사를 만든 나는, 부유 마법으로 이동하는 중에도 창피한 나머지 일행의 얼굴을 똑바로 바라볼 수가 없었다.

……얼티밋 매지션즈라니…….

내가 지은 거지만, 참 낯부끄러운 작명 센스였다.

그런 걸 수많은 사람 앞에서 선언하고 말았다.

거기 모인 알스하이드 국민이 우리가 날아간 후에도 계속 그 이름을 불러댄 걸로 예상하건대, 이미 전 국민 사이에 정착했다고 봐도 좋으리라.

……앞으로 이 팀명으로 활동해야 하는 건가…….

왜 난 이런 무거운 십자가를 짊어지게 된 거냐고!

"야, 신. 아까부터 왜 자꾸 몸을 배배 꼬는 거냐. 소름 끼치거든?"

"너! 네가 그런! 갑자기 팀명을 정하라고 하니까!"

"훗, 쿡…… 아니…… 좋은 팀명인 것 같다만?"

"웃음을 참으면서 말하지 마! 말해두겠는데, 너도 그 팀의 일원이거든!?"

"뭐, 어때. 나쁘지도 않구만."

우리는 주위에 공기의 벽을 형성해서 서로의 목소리가 들리도록 바람의 마법으로 음성 바이패스를 연결한 상태로 하늘을 날고 있었다.

저번 실험에서 바람 소리가 심해서 서로의 목소리가 들리지 않는다는 건 확인했으니 그 대책을 세운 것이다. 덕분에 비행 중에도 대화를 나눌 수 있었다.

게다가 훈련 중에 잠시 쉴 때 자주 다 같이 날아다닌 덕분에 바람의 마법으로 이동하는 것도 익숙해졌다.

그래서 지금은 최고 속도인 시속 2백 킬로미터 정도로 비행 중이었다.

실제로 속도를 재본 적은 없으니 추측이지만…….

통신은 한순간에 끝나지만, 이동은 그렇지 않다.

이미 스이드 왕국에는 마인이 출현했다.

한시라도 빨리 현지로 가야 할 필요가 있으니 마차 속도보다 몇 배나 더 빨리 이동할 수 있는 이 방법을 선택한 것이다.

이렇게 될 거라면 차라리 스이드 왕국에 게이트를 열 포인트를 설정해둘 걸 그랬다.

하지만 마인이 어디로 쳐들어올지는 알 수 없으니…….

약간 후회하고 있자, 린이 조금 전의 팀명에 관해 날 위로 해줬다.

"그래도 실제로 좋은 이름. 난 마음에 들었어."

"네 마음에 들었다고 하니 자신감이 더 사라지는데……."

"우으, 그건 실례야."

"하아…… 벌써 모두에게 정착했을 테니 포기하는 수밖에 없나……."

"그보다 신 님, 이제 곧 알스하이드와 스이드 왕국의 국경입니다. 긴장해주세요."

토르에게 주의를 들었다.

"어? 벌써 국경이야?"

"하늘을 날아서 왔으니까요."

"굉장해! 마차로 가면 며칠은 걸렸을 텐데!"

마리아와 앨리스도 예상보다 훨씬 빠른 속도에 놀란 듯했다.

나는 실제로 스이드에 가본 적이 없으니 체감이 잘 안 됐지만 말이지.

"빠르면 좋지. 스이드 왕국에서 연락을 받고 늦어질수록 피해가 커질 테니까."

"하지만…… 마인인가요. 재해급을 단독으로 토벌할 수 있게 됐다고는 해도 긴장되네요……."

오그는 마인의 피해를 조금이라도 줄여야 한다고 말했고, 마리아는 마인과 싸워야 한다는 것에 약간 긴장한 듯했다.

"괜찮아. 마리아는 마인보다 강해졌으니 걱정하지 마."

"그건 그것대로 좀……."

여자에게 마인보다 강해졌다는 말은 칭찬이 아니었는지 마리아가 미묘한 얼굴을 했다.

"저도 열심히 할게요!"

"시실리는 마인들 때문에 다친 사람들을 치료해줘."

"아, 그렇겠네요. 그럼 한 명이라도 더 살릴 수 있도록 열심히 할게요!"

"응, 부탁할게."

스이드 왕국에 도착하기 전에 어떻게 싸울지 정했다.

나는 혼자서 유격.

시실리는 부상자의 치료.

나머지는 2인 1조로 마인과 전투.

"마크, 열심히 보조해줄 테니까…… 무모한 짓은 하지 마."

"응, 알았어. 믿을게."

"……마크."

……아! 마크였구나!

슴다체가 아니라 누군가 싶었다.

"……젠장…… 이놈이고 저놈이고 노닥거리기는……."

웬일로 러브러브한 마크와 올리비아를 보고 있자니, 마리아의 원념에 찬 목소리가 들렸다…….

"마, 마리아 님. 진정하세요……."

"애초에! 우리 남자 멤버는 리얼충이 너무 많다고! 여자가 너무 많이 남잖아!"

어째선지 마리아가 폭발했다.

"그러고 보니…… 상대가 없는 건 토르와 율리우스뿐인가……."

"전 약혼자 있는데요?"

"소인도 있소이다."

"전멸이잖아!"

우와, 마리아가 폭발했다.

"젠장…… 기다려라, 마인 자식들아. 내 이 울분을 전부 쏟아주마……."

응! 덕분에 긴장이 풀린 거 같으니 결과만 좋으면 괜찮겠지!

마인 집단이 상대라고 쓸데없이 긴장하다가 제 실력을 발휘하지 못하는 게 더 문제니까 말이다.

실컷 날뛰어봐! 마리아!

"이봐, 스이드 왕국의 왕도가 보이기 시작했다."

싸우러 가는 중인데 긴장감이라곤 눈곱만큼도 없는 분위기가 됐지만, 마침내 스이드에 도착한 모양이었다.

오그가 그렇게 말하자 우리는 시선을 앞으로 향했다.

성벽에 둘러싸인 큰 도시가 보였다. 저기가 스이드 왕국의 왕도인가 보군.

그리고…… 왕도의 성벽 앞에서 마법이 빗발쳤고, 그 마법들을 막는 마법 방어 장벽이 보였다.

"어라? 저 장벽은……."

"그래. 네가 만들어준 방어 마법의 마도구야."

◆

"전원! 마도구 작동 준비!"

마인의 습격을 받고 알스하이드 왕국에 바로 구원요청을 보낸 후—.

스이드 왕국병들은 알스하이드 왕국이 대여해준 또 다른 마도구, 방어 마도구를 쓸 준비를 시작했다.

일반적인 방어 마도구밖에 모르는 그들은 아무리 알스하이드에서 빌려온 물건이라고 해도 이 시점에선 마인의 공격을 막는 건 불가능할 거라고 생각했다.

"왔다! 마도구 작동!"

약간 체념하고 있자, 마침내 마인들의 마법이 날아왔다.

그 광경을 본 스이드 왕국 소속 마법사들이 일제히 방어 마도구를 쓰자…….

"우왓!"

"어? 진짜?!"

"굉장해! 무슨 이런 굉장한 마도구가 다 있지?"

막을 수 없을 거라 예상했던 마인의 마법 공격을 완벽히 막아냈다.

그 사실에 스이드 왕국병들은 환호성을 질렀다.

"감격하고 있을 때가 아니다! 공격을 막을 수 있어도 격퇴하지 못하면 의미가 없어! 전원, 전력을 다해 마인을 공격하라!"

""라져!""

"마법사단! 마법 준비! ……발사!"

절망적인 상황이었지만, 방어 마도구로 마인의 공격을 막을 수 있다는 것을 확인한 그들의 사기가 단숨에 상승했다.

그리고 일부 놓치기는 했지만, 간신히 마인의 침입을 막는 전선을 유지하는 데 성공했다.

"버텨! 버티기만 하면 알스하이드의 마인을 토벌한 영웅이 와줄 거다! 그때까지 버텨!"

""우오오!""

그들은 신 일행의 도착을 진심으로 열망했다.

◆

디스 아저씨가 어째 이상할 정도로 많은 수량의 방어 마도구를 만들어달라는 부탁을 하나 싶더니…… 각국에 배치했던 거였나.

"그래도 수가 부족한가 보군. 마력 장벽의 틈새로 마인의 공격도 통하고 있어."

그 말대로 왕도에 피해가 전혀 없는 건 아니었다. 서두르자!

"전원, 전속 비행! 색적 마법으로 마인을 선별해서 격파한다!"

"""오!"""

오그의 호령에 더 속도를 올리고 색적 마법을 쓰자…….

"큰일이다! 누가 마인에게 쫓기고 있어!"

일반인의 마력이 둘, 흉악한 마인의 마력이 그 뒤를 쫓고 있었다.

서두르자! 서두르면 늦지 않을 거야!

고속으로 성벽 위를 통과하자 스이드 왕국의 병사 몇 명이 이쪽을 쳐다봤지만, 신경 쓸 여유는 없었다.

그리고 목표를 발견한 뒤—.

"꺄아아아아아아!"

"아하하하! 핫, 하! 잘 도망치지 않으면 맞을걸!"

"싫어! 그만해!"

"으아아아앙! 엄마아!"

피난이 늦은, 아이를 안고 있는 어머니인 듯한 여성을 마인 중 하나가 위력이 약한 마법을 날리면서 따라다니고 있었다.

"자! 자! 그러다 맞는다?"

"그만해요! 제발 그만!"

"아하하하! 얼른 도망치지 않으면 주꾸엑!"

"아…… 응? 주꾸엑?"

여성이 이쪽을 돌아보았다.

나는…… 두 사람을 쫓아다니던 마인을 공격하고 바닥에 착지하는 중이었다.

그리고 날려버린 마인에게 시선을 고정한 채로 여성에게 말을 걸었다.

"괜찮으세요? 다친 곳은?"

"아, 예…… 괜찮아요. 그런데, 당신은?"

"신 님! 하늘 위에서 느닷없이 드롭킥이라니, 무모한 짓은 적당히 좀 하세요!"

"미안, 꼭 한 번 날려보고 싶었거든."

"저, 저기……."

"아, 안심하세요. 부인. 저희는 알스하이드 왕국에서 파견된 자들입니다. 저기요! 누가 이분 좀 안전한 장소까지 모셔다드리세요!"

하늘에서 내려온 토르가 여성에게 설명한 후, 근처에 있는 병사를 불렀다.

"아, 예! 부인, 이쪽으로!"

"아, 감사합니다!"

병사와 두 일반인이 떠난 후에 나는 다시 주위를 살펴보았다.

성벽은 마도구 덕분인지 아직 완전히 돌파당한 건 아니었다.

하지만 조금 전에 오그가 지적한 대로 마인 몇 명이 장벽의 틈을 노리고 왕도로 침입한 상태였다.

그 광경에…… 나는 참을 수 없는 분노를 느꼈다.

『스이드 왕국민, 및 마인들에게 고한다! 나는 알스하이드 왕국의 왕태자, 아우구스트 폰 알스하이드다!』

오그는 다른 일행들처럼 지상에 착지하지 않고 근처에 있는 높은 건물 위에 있었다.

그리고 바람의 마법으로 목소리를 크게 해서 우리의 도착을 선언했다.

『스이드 왕국민들이여, 안심하라! 우리는 마인을 타도할 힘을 손에 넣고 이 땅을 찾아왔노라! 왕국병들과 협력해서 반드시 마인들을 격퇴하겠다!』

오그는 마인의 습격을 받은 국민들을 격려했다.

『그리고 마인들이여, 절망하라! 우리 중에는 그 영웅 멀린 월포드의 손자이자, 알스하이드에 출몰한 마인을 압도적으로 토벌한 신 월포드가 있다! 그러니 네놈들에겐 만에 하나라도 승산은 없다!』

오그가 그렇게 선언한 순간.—

""우오오오오오오오!""

왕도의 중심부, 왕성 근처에서 어마어마한 환호성이 울려 퍼졌다.

다들 저기로 피신한 모양이다.

난 평소였다면 왜 큰 소리로 당당하게 선언하는 거냐고 따졌겠지만, 이번만큼은 아니었다.

『마인 놈들은…… 각오해. 단 하나도 남김없이 토벌해줄 테니!』

나도 오그처럼 마법으로 목소리를 크게 해서 마인들에게 선전포고를 했다.

이런 짓을 저지르는 놈들은…… 용서 못 해!

◆

"드디어 왔군, 신 월포드. 자, 그럼 얼마나 강한지…… 확인해볼까."

신의 실력과 약점을 찾으라는 제스트의 명령을 받은 로렌스는 자신의 특기인 밀정의 기술로 마침내 모습을 드러낸 신의 실력을 분석하려 했다.

◆

"아프잖아! 이 자식! 이게 무슨 짓이냐!"

감정이 이끄는 대로 마인들에게 선전포고를 하자, 조금 전에 날려버렸던 마인이 이제야 겨우 일어나서 나에게 고함을 질렀다.

"무슨 짓? 그건 내가 할 말이야. 너야말로…… 여기서 무슨 짓을 했지?"

"아앙? 난 마인이다. 약한 놈들을 가지고 노는 게 뭐가 나빠?"

마인은 실실 웃으면서 일반인을 괴롭히는 건 마인의 특권이라는 말을 했다.

아, 그렇구나. 그냥 마인의 힘에 취했을 뿐인 쓰레기였나…….

"오그! 이놈들을 어떻게 할까?"

일단 건물 위에 있는 오그에게 확인했다.

"물론! 뻔하지!"

그러자 오그는 당연하다는 듯이 이렇게 선언했다.

"섬멸해!"

"라져!"

나도 각오를 굳혔다.

설령 예전에는 인간이었다고 해도 지금은 마인.

게다가 힘없는 일반인을 괴롭히는 게 당연하다고 생각하는 쓰레기들이다.

토벌하는 것에…… 아무런 망설임도 없다!

"하! 고작 인간 주제에 마인인 이 몸을 이길 수 있다고 생각하는 거냐?"

"시끄러워. 이제부터 대량으로 쓸어버려야 한다고. 잡담할 여유는 없어!"

나는 그렇게 말하며 가장 가까이에 있는 마인을 향해 몸을 돌렸다.

마법으로 공격하려 했지만…… 늦었어!

“끄아악!”

뒤에 있던 토르가 먼저 푸르스름한 고열의 불꽃 마법을 퍼부었다.

“나이스! 토르!”

나는 불꽃에 휩싸여서 몸부림치는 마인을 바이브레이션 소드로 단칼에 썰어 버렸다.

“어떤 기분이지? 고작 인간 따위에게 토벌당하는 기분은?”

“이, 이건…… 말도 안 돼…….”

그 말을 끝으로…… 마인의 몸이 두 개로 갈라졌다.

방금 토벌한 마인을 내려다본 후, 나는 다음 마인을 찾기 위해 색적 마법을 발동했다.

다른 멤버들도 전투를 시작한 모양이었다. 마인들의 수가 빠르게 줄어들고 있었다.

“시실리! 부상자들을 치료하러 가줘! 저기요! 누가 좀 그녀를 부상자들이 있는 곳으로 데려다주세요!”

내가 그렇게 외치자, 근처에서 넋을 잃고 우리의 전투를 지켜보던 병사가 제정신을 차렸다.

“아, 예! 이쪽입니다!”

“신 군! 조심해요!”

"응! 시실리도!"

"예!"

시실리는 병사의 안내를 받고 부상자들이 모인 곳으로 이동했다.

그녀 덕분에 구원받는 목숨이 많겠지.

이걸로 안심하고…….

"섬멸해주마!"

마인을 모조리 토벌할 수 있겠군!

◆

"가자! 린!"

"나만 믿어."

2인 1조. 페어나 버디라고 불리는 단위로 전투를 하게 되자, 막상 앨리스가 원한 파트너는 다름 아닌 린이었다.

"역시 전위를 맡을 수 있는 사람과 짜는 편이 좋지 않겠어?"

아우구스트는 마리아와 한 조가 되었다.

토르는 율리우스. 토니는 유리. 마크는 올리비아.

이렇게 되자 앨리스와 린만 남게 된 것이었다.

"괜찮아요, 전하! 그리고 전위가 있으면……."

"마법으로 해치울 수가 없어."

아우구스트는 이 페어만 전위가 없는 걸 걱정했지만, 앨리스와 린의 입에서 나온 건 흉흉한 대답이었다.

“합동 훈련 때도 이렇게 생각했어요! 마법만으로도 충분하다고!”

“전위한테 마무리를 양보하는 건 스트레스.”

겉모습은 팀원들 중에서도 가장 작은 소녀들이었지만, 속은 어엿한 무투파였다.

“하아…… 의욕이 넘치는 건 좋다만, 그러다 도시를 파괴하지는 마라.”

“괜찮다니까요. 그런 신 같은 짓을 할 리 없잖아요!”

“그 걱정은 실례예요.”

“딱 맞는 말이라고 생각했다만…… 그럼 그 말에 책임을 지도록. 만약 도시에 피해를 준다면…….”

“주, 준다면?”

아우구스트는 거기서 말을 한 번 끊었다.

그리고 앨리스는 그런 그를 숨을 삼키고 쳐다보았다.

그러자 아우구스트는 앨리스와 린이 경악할 만한 말을 입에 담았다.

“신처럼 『상식 부족』이라고 불러주마.”

“절대로 도시에 피해를 내지 않을게요!”

“맡겨주세요!”

보기 드물게 린까지 큰 목소리로 대답했다.

“내가 말한 거긴 한데, 그렇게까지 신과 똑같은 취급을 받는 게 싫은 건가……."

효과만점의 반응에 슬쩍 웃었지만, 아무도 눈치채지 못했다.

"자, 그럼 신도 전투를 시작한 거 같으니 우리도 가자."

""예!""

이렇게 해서 스이드 왕국을 마인의 손에서 구하는 전투가 시작되었다.

"마인 발견!"

얼티밋 매지션즈는 그대로 산개.

앨리스는 곧 색적 마법에 걸린 마인을 눈으로 포착했다.

빠른 사람이 임자라는 듯이 그 마인을 향해 달려갔다.

하지만 마인들은 작은 소녀의 모습에 대놓고 한숨을 내쉬었다.

"뭐야. 나 같은 건 어린애로도 충분하다는 건가? 건방지게!"

"어린애 아니거든~?!"

체격이 작은 편이기는 해도 앨리스는 이미 생일이 지난 열여섯 살의 성인이었다.

설마 어린애 취급을 받을 줄은 몰랐는지 울컥해서 반박하고 말았다.

난 그렇게까지 작지 않다고!

몸이 작은 편이기는 해도 여자로서의 매력은 충분해!

그런 전투와는 전혀 관계없는 엉뚱한 생각을 마인에게 퍼부었다.

그러자 분기탱천한 앨리스의 옆을…….

"으햐!"

가늘게 압축된 물줄기가 엄청난 속도로 스쳐 지나갔다.

앨리스의 입에서 얼빠진 비명이 터졌다.

"린! 위험하잖아!"

"쓸데없는 거에 흥분하지 마. 머리 좀 식었어?"

앨리스에게도 약간 물이 튀었다.

피가 솟은 머리에 글자 그대로 찬물을 뒤집어쓴 앨리스는 잠깐 어리둥절해 하다가 린에게 감사의 말을 전했다.

"미안, 린! 덕분에 머리가 식었어!"

"다행이네."

"좋아! 각오해! 마인!"

"이미 해치웠어."

"어?"

앨리스가 다시 마인 쪽을 돌아보자…….

고압 물줄기에 모래라도 섞은 건지 상반신과 하반신으로 깔끔하게 두 동강이 난 마인의 시체가 눈에 들어왔다.

"우와…… 마인이라고 해도 겉모습은 인간이니 엄청 거부감이……."

아무리 마인이 됐다고는 해도 과거에는 인간.

역시 인간의 모습을 한 생물의 죽음은 정신적인 충격을

동반했다.

그런데도 린은 태연한 얼굴로 이렇게 말했다.

“그래? 난 아무렇지도 않아.”

“으…….”

“이 녀석들은 마인. 마물. 인간이 아니야.”

“알아. 나도 알지만…….”

린처럼 명확하게 마음을 정리하지 못한 앨리스는 힘에 도취되어서 마인 토벌을 쉽게 생각한 것을 조금 후회했다.

하지만 마침 그녀의 눈에 마인과 대치한 병사의 모습이 눈에 들어왔다.

병사 쪽은 이미 만신창이였다.

“크흐흐. 지원이 와서 사기가 올라봤자, 어차피 우리는 못 이겨.”

“하아, 하아, 큭! 웃, 기지 마라……. 너희에게, 너희들 따위에게……!”

“꺄하하하하하! 우리가 뭐!”

“으아아악!”

병사 정도는 일격에 죽일 힘을 지니고 있으면서도 마인은 병사를 농락하면서 즐거워하고 있었다.

그 광경을 본 앨리스는…….

빠직!

머릿속에서 뭔가가 끊어지는 소리를 들었다.

"너어어어어! 이게 무슨 짓거리야아아아아아아!"

분노의 함성을 내지르며 마인을 향해 질주했다.

"아앙? 뭐야? 어린애?"

그 말이 마지막 결정타가 되었다.

"적당히 좀 해! 난 어린애가 아니란 말야아아아아아!"

조금 전까지의 갈등은 어디로 사라졌는지 자신의 주위에서 소용돌이치는 마법의 불꽃을 마인을 향해 온 힘을 다해 발사했다.

"헉?! 이, 이 마법……."

마인의 말은 끝까지 이어지지 않았다.

말하던 도중에 앨리스의 마법을 맞고 상반신이 흔적도 없이 날아갔기 때문이다.

고열에 탄 상처에서는 피도 흘리지 않고 뒤로 천천히 쓰러졌다.

"후우~! 후우~!"

도움을 받은 병사는 어깨를 들썩이는 앨리스를 놀라움과 전율에 떨리는 눈으로 바라보았다.

"병사 아저씨. 괜찮아?"

"윽! 아, 그래. 문제없어!"

"그럼 다행이네. 얼른 구호소로 가봐."

자신이 속수무책으로 당한 마인을 갑자기 나타나서 단숨에 죽여 버린 작은 소녀.

그 사실에 약간 착잡함을 느끼고 있자, 또 다른 소녀가 말을 걸어왔다.

그 소녀에게도 어서 구호소로 가란 말을 듣고 한심스러운 기분이 들었지만, 확실히 이 상태로 싸우는 건 무리였다. 그 말대로 얌전히 구호소로 가기로 했다.

"고맙다. 덕분에 살았어."

상처투성이의 병사는 그 말을 남기고 떠났다.

그리고 감사를 받은 앨리스는—.

"왠지 쑥스럽네."

"하지만 사실. 저것 봐."

린은 상반신이 사라진 마인을 가리켰다.

"저거…… 내가 한 거지?"

"응. 그리고 병사에게 고맙다는 말도 들었어."

그 말을 들은 앨리스는 자신의 뺨을 힘껏 쳐서 기합을 넣었다.

"좋아~! 마인을 계속 해치워서 스이드를 구하자!"

"그럼 누가 더 많이 사냥하나 승부해."

린은 그 말을 남기고 다음 마인을 향해 달려갔다.

"앗! 치사해! 기다려!"

그제야 평소의 컨디션을 찾은 앨리스가 그녀의 뒤를 쫓았다.

◆

“토르! 난 괜찮으니까 율리우스한테 가!”

“알겠습니다! 신 님, 무운을!”

“그래! 너도!”

나는 그렇게 말하며 단독으로 마인을 급습했다.

마인이 마법으로 요격했지만, 내 마력 장벽에 간단히 막혔다.

이 녀석들…… 마인이 된 카트보다 훨씬 더 약해!

“제길! 왜냐! 왜 통하지 않는 거지?! 우리는 마인인데!”

“하! 고작 그 정도의 힘으로 기고만장하게 굴기는!”

“우오오! 제기랄!”

난 마인 하나를 바람의 칼날로 조각조각 낸 후, 다음 마인을 처치하기 위해 왕도 안을 뛰어다녔다.

도중에 병사와 피난이 늦은 주민들의 시신을 보고 한층 더 분노가 끓어올랐다.

“우리는! 세계를 통일하려고 마인이 된 거다! 이런 데서 죽을까 보냐!”

“어디서 주제 넘는 꿈을 꾸는 거냐! 이 쓰레기들아!”

바이브레이션 소드로 마인을 썰어버리고…….

“빌어먹을! 성벽에도 이상하게 단단한 장벽이 펼쳐져 있지 않나! 대체 어떻게 된 거야!”

"그런 건 네가 알 필요 없어!"

"끄아아아악! 네, 네 이노오옴!"

푸르스름한, 고속으로 회전하는 불꽃의 탄환으로 또 한 마리를 해치웠다.

세계 통일? 그게 마인들의, 슈투름의 목적인가?

이런 쓰레기들이 마음대로 하게 내버려 둘 수는 없지!

지금 이 자리에서 그 야망과 함께 분쇄해주마!

◆

마침내 얼티밋 매지션즈의 전투가 시작되었다.

로렌스는 건물 뒤에서 마력을 차단한 상태로 그 광경을 훔쳐보았다.

"우옷! 뭐야! 저 엄청난 위력의 마법은?!"

그리고 신이 날린 바람의 칼날이 마인을 마력 장벽째로 간단히 산산조각내는 모습을 목격했다.

그 틈을 노리고 달려든 마인도 있었지만, 신이 검을 한 번 휘두르자 위 아래로 두 동강이 났다.

로렌스는 마치 악몽을 꾸는 것만 같았다.

—그에게는 험한 꼴을 당했었죠.

슈투름의 말은 사실이었다.

마법의 위력도 심상치 않았고, 게다가 검으로도 마인을

단칼에 쳐 죽이는 실력.

정말로 거짓말 같은 존재였다.

"약점? 그런 게 존재하기나 해?"

그 너무나도 압도적인 힘 앞에서 로렌스는 두려움을 품었다.

감지당하지 않도록 극소량의 마력을 유지하며 신의 뒤를 추적했지만, 이대로 가면 머지않아 전멸할 것 같았다.

그건 로렌스도 곤란했다.

아직 신의 실력을 전부 확인하지 못했다.

그 전에 상대할 모르모트가 전멸하는 건 전력 낭비다.

퇴각시키자.

그렇게 결단을 내린 로렌스는 스이드 왕국의 왕도를 빠져나와서 아직 밖에 있는 리더(임시)를 향해 달려갔다.

◆

"끄아아아악!"

"너! 네 이놈!"

"아아아악!"

다른 멤버들 쪽도 순조롭게 토벌하고 있는 듯했다.

마리아가 아직 불안한 표정이었지만, 이 수준이라면 딱히 고전할 것도 없을 테고.

이 상태로 가면 머지않아 섬멸할 수 있을 것 같았다.

그렇게 생각한 순간—.

"퇴각이다! 퇴각해!"

마인 중 하나가 그렇게 외쳤다.

그러자 마인들의 마력이 도시 밖으로 이동하기 시작했다.

게다가 뿔뿔이 흩어진 상태라 전부 포착하는 건 불가능했다!

"젠장! 놓칠까 보냐!"

달아나는 마인을 향해 전에 썼던 그 지향성 폭발 마법을 날렸다.

성벽 위로 날아간 마인들이 표적이었다.

"헉! 말도 안……."

"우오오오오……."

"비, 빌어먹으……."

마인 몇 체가 폭발 마법에 휩쓸리기는 했지만—.

"아! 젠장! 몇 체를 놓쳤어!"

성벽 안으로 침입한 마인 중 일부와 성벽 밖에 대기 중이던 마인들을 놓치고 말았다.

전멸시키지 못했다.

그 사실에 내가 표정을 일그러트리자—.

""우오오오오오오!""

주위에 있던 병사들이 함성을 질렀다.

"격퇴했어! 격퇴했다고!"

"굉장해! 마인을 토벌한 영웅의 존재는 사실이었어!"

"고마워요! 알스하이드! 고마워요!"

절반 가까이 놓친 것에 좌절한 나에게 병사들이 오히려 찬사를 보냈다.

그들은 최소한의 피해로 마인을 격퇴했다는 것에 안심하고 있었다.

하지만 나는—.

"죄송합니다……. 밖에 있던 마인들을 놓치고 말았어요. ……그리고 더 빨리 왔으면 희생된 분들도 적었을 텐데……."

더 일찍 도착했으면 희생자를 줄일 수 있었으리라.

어디로 올지 모른다고 포기할 게 아니라 차라리 가능성이 있는 모든 곳에 게이트를 연결해둘 걸 그랬다며 후회하고 또 반성했다.

"아뇨! 충분하잖습니까!"

"그건 그렇고 꽤 빨리 오셨군요? 며칠은 걸릴 줄 알았는데 몇 시간 만에 오시다니. 근처에 원정이라도 나와 계셨던 겁니까?"

"아뇨? 알스하이드의 왕도에서 온 건데요."

"……?"

아무래도 마인 습격 소식을 알리고 몇 시간도 채 지나지 않아서 우리가 도착한 게 신기했던 모양이다.

"하늘을 날아서 왔거든요."

"하늘?"

"아! 그러고 보니 뭔가가 날아왔었어!"

"어? 혹시 하늘을 날 수 있으신 겁니까?"

"예, 뭐."

내 대답에 병사들은 아연실색한 표정을 지었다.

응. 그런 반응에도 익숙해졌다.

"신, 무사해?"

"응. 그쪽은?"

"난 괜찮아."

"나도 다친 데 없어!"

"나도."

"신기하지만 나도."

"아마 다친 사람은 아무도 없지 않을까?"

일행이 차례차례 모였다.

이 자리에 없는 건 시실리뿐이지만, 그녀는 지금 부상자들을 치료하는 중이리라.

색적 마법으로 위치도 파악해뒀다.

"다들, 무사했나 보네."

"예. 솔직히 상대가 마인이라 좀 더 고전할 줄 알았습니다만……."

"의외로 약했어!"

"야, 약하다니……."

이 중에서 가장 체격이 작은 앨리스의 발언에 병사들은

할 말을 잃은 모양이었다.

다들 순조롭게 이런 반응을 보게 됐군.

"그런데 여기 책임자는 누구지?"

"아, 예. 접니다만."

오그의 질문에 중년 병사가 앞으로 나섰다.

"난 아우구스트 폰 알스하이드. 마인들을 물리쳤다는 선언을 하고 싶다만, 괜찮겠나?"

"아, 아우구스트 전하셨습니까! 이런 무례를!"

"지금은 격식을 차릴 필요 없다. 그보다 선언해도 괜찮겠나?"

"예! 오히려 저희가 부탁드립니다!"

이 근처에 있는 부대의 대장일까? 아무튼 그 사람에게 허락을 받은 오그는 다시 확성 마법을 펼쳤다.

"무, 무영창?!"

"어? 왕자님이시라며?"

"아니야, 난 봤어. 아우구스트 전하께서 마인을 막 쓸어버리시는 모습을……"

오그는 병사들의 말을 듣고 얼굴이 굳었지만, 곧 표정을 추스르고 말을 꺼냈다.

『스이드 왕국의 국민들이여! 나는 알스하이드 왕국의 왕태자 아우구스트 폰 알스하이드다! 다들 이제 안심하도록! 마인은…….』

거기까지 말하더니 갑자기 이쪽을 힐끔 쳐다보았다.

『마인은 우리 『얼티밋 매지션즈』가 격퇴했다!』

……야! 왜 하필이면 지금 그런 낯부끄러운 이름을 큰 소리로 선언하는 건데?!

"얼티밋 매지션즈……."

"오오……."

"굉장해! 얼티밋 매지션즈!"

"고마워요! 얼티밋 매지션즈!"

스이드 왕국의 병사들은 저마다 그 이름을 외쳤다.

그만! 그런 큰 소리로 외치지 마!

오그의 선언이 끝나자 스이드 왕국의 왕도 전체에 거대한 환호성이 울려 퍼졌다.

내가 지은 팀명과 함께…….

나는…… 알스하이드뿐만 아니라 스이드에도 이 이름이 퍼졌다는 사실에 절망했다.

"그렇게 풀 죽어 있을 때가 아니잖아, 신."

"그게 누구 탓인데! 누구 탓!"

"멜리다 님 같은 반응이로군. 그보다, 눈치챘나?"

"그보다라니…… 슈투름이 없었던 거?"

"그리고 마물도 보이지 않더군. 즉……."

"절반 가까이 놓쳤으니, 이제부터 시작이라는 건가……."

"그래."

그러고 보니 아까 퇴각 명령을 내린 목소리는 슈투름이 아니었다.

즉, 이 습격은 다른 마인의 지휘하에 벌어졌다는 뜻이다.

슈투름의 명령을 받고 스이드 왕국에 쳐들어온 건가?

아니면…….

"앗! 오그! 일단 알스하이드로 돌아가자!"

"아! 그렇군! 양동이었나?!"

"퇴각하는 시점도 부자연스러울 정도로 빨랐어! 그럴 가능성이 커!"

"알았어! 가자!"

스이드 왕국에는 마인들만 보내고 그 틈에 알스하이드를 침공.

젠장! 그 가능성을 고려하지 못하다니!

너무 초조한 나머지 오그만 데리고 왕도로 연결된 게이트를 통과했다.

제발 무사하기를!

"어라? 전하, 월포드 군. 어인 일이시죠?"

"으, 응? 마인은?"

경비병이 느긋한 말투로 말을 걸자, 나는 당황한 목소리로 되물었다.

"예?! 마인이 쳐들어왔나요?!"

"아, 아니…… 혹시 마인은 이쪽으로 오지 않았나?"

"예, 여러분이 가신 후에 딱히 이렇다 할 문제는 전혀……."

오그의 질문에 경비병은 마인이 나타나지 않았다고 보고했다.

"……어라?

틀림없이 스이드는 미끼고 이쪽이 진짜 목표였을 줄 알았는데…….

"그보다 스이드 왕국 쪽은 어떻게 됐습니까?"

"안심해. 다소의 피해는 발생했지만, 마인들은 무찔렀으니."

""오오오!""

평소처럼 경비병 대기소로 게이트를 연결했는데…… 마인의 습격은 없었다는 모양이다.

그리고 스이드 왕국에 출몰한 마인들을 격퇴했다는 소식에 다들 환호성을 질렀다.

"과연! 월포드 씨가 이끄는 얼티밋 매지션즈답군요! 즉시 폐하께 보고를 드리러 가겠습니다!"

"그럼 저는 국민들에게 포고를. 다들 이 소식을 들으면 안심하겠지요."

"그래. 우리는 스이드로 돌아갈 테니 뒷일을 부탁한다."

""예!""

……벌써 정착됐구나…….

그 사실에 엄청난 절망을 느꼈지만, 이제 와서 번복할 수도 없으니…… 받아들이는 수밖에 없나.

마인들의 움직임이 왠지 마음에 걸렸지만…… 다들 스이드 왕국에 두고 왔고, 사후처리도 해야 하니 일단 돌아가기로 했다.

"아! 전하! 신 군! 갑자기 어딜 가셨던 거예요?"

"음…… 알스하이드에 잠시……."

"아, 그렇구나! 보고군요!"

"……그래. 그랬지."

"무슨 일 있으셨어요? 전하."

왠지 미묘한 오그의 반응에 앨리스가 의아한 얼굴을 했다.

"아니…… 그 이야기는 나중에 하지. 그보다 클로드와 합류해서 왕성으로 보고하러 가자."

"""예!"""

"그럼, 신. 부탁하마."

"오케이~."

모두에게 부유 마법을 걸고 하늘로 떠올랐다.

스이드 왕국병들이 아연실색하는 가운데, 우리는 먼저 부상자들을 치료하는 시실리를 데리러 갔다.

위치는 이미 마력 탐지로 파악했다.

부상자들이 수용된 건물에 도착한 우리는 지상에 착지했다.

"어? 누, 누구냐!"

"하늘을 날아서 오다니! 설마 마인?!"

"진정해! 나는 아우구스트 폰 알스하이드. 그리고 신 월포드와 얼티밋 매지션즈의 멤버들이다."

수용시설을 경비 중인 병사들이 서로 얼굴을 마주 보았다.

"우, 우린 안 속아! 하늘을 날 수 있는 건 마인뿐이잖아!"

이건 또 무슨 소리지? 혹시 이 병사는 마인의 특징을 모르는 건가?

"신, 너 때문에 나까지 마인 취급을 당하잖아."

"잠깐! 하늘을 날라고 지시한 건 너였잖아!"

"난 부탁한다는 말밖에 안 했다만?"

"너, 너어……."

"이봐! 우리를 무시하는 거냐!"

경비병이 목소리와 몸을 떨면서 고함을 질렀다.

이제 슬슬 설명해주라고. 오그.

"아, 미안하군. 그런데 너희는 마인의 특징을 모르나?"

"마인의 특징?"

"분명…… 불길한 마력을 발산하고, 눈이……."

이제야 생각이 난 모양이다.

"그리고 먼저 온 시실리 폰 클로드도 우리와 같은 옷을 입었을 텐데?"

"그, 그러고 보니…… 시실리 님과 옷이 같아……."

"눈도 붉지 않아……."

"그렇다는 건……."

병사들은 일제히 그 자리에서 오체투지를 했다.

태도전환이 빨라!

"죄, 죄송합니다! 궁지에 몰린 우리나라를 구해주신 영웅님들께 이런 실례를!"

"부디, 부디 저희의 목만으로 용서해주십시오!"

겨우 오해가 풀린 건 좋지만…… 병사의 목이라니…… 그리고 왠지 마음에 걸리는 단어가 들렸다.

"신경 쓰지 마라. 우리의 얼굴을 몰랐으니 경계하는 게 당연해. 오히려 마인일지도 모른다고 생각하면서도 달아나지 않고 이곳을 지키려한 자세는 찬사를 받아야 마땅하다. 가슴을 펴도록."

""아, 예! 황송합니다!""

오오, 다른 나라의 병사들까지 회유했잖아. 병사들은 물기에 젖은 눈으로 오그를 응시하고 있었다.

"그런데 슬슬 지나가도 되겠나?"

"예! 이리로!"

"이봐! 누가 시실리 님께 안내해드려!"

또 들었다.

시실리 님?

왠지 불길한 예감이…….

병사의 안내를 받고 도착한 곳은 넓은 방이었다. 여기에 부상자들을 수용한 모양이었다.

안으로 들어가자—.

"시실리 님! 이 아이도 상처가!"

"제 남편을 구해주세요! 성녀님!"

"저, 저기 제 상처도……."

"넌, 아까 치료받았잖아!"

"저, 저기요! 순서대로 봐 드릴 테니까 진정하세요!"

시실리를 중심으로 엄청난 인파가 생겨 있었다.

시실리 님? 성녀님?

뭐지? 이 소동은?

"뭐야 이게?"

"예! 시실리 님은 이 수용 시설에 도착하신 후, 중상자들부터 차례차례 치료해서 수많은 목숨을 구해주셨습니다! 그야말로 성녀님이라 부를 만한 분이시죠!"

……어째 일이 엄청나게 커진 모양인데…….

일단 중상자는 더 없는 것 같으니 시실리를 데리고 가야겠다.

"시실리!"

"응? 아! 신 군!"

그때까지 몰려든 인파에 당황했던 시실리는 내가 부르자마자 기쁜 얼굴로 미소를 지었다.

그런 그녀를 귀엽다고 생각한 순간, 주위에서 험악한 목소리가 들리기 시작했다.

"잠깐, 시실리 님의 성함을 함부로 불러?"

"뭐?! 누구냐! 우리의 시실리 님을 함부로 부른 자식이!"

"저기, 저 남자 아니야?"

아, 진짜! 이상하게 주목을 받잖아!

술렁거리기 시작한 주위의 시선에 신경을 빼앗기자, 시실리가 내 품에 안겨들었다.

"신 군! 몸은 괜찮아요?! 어디 다치신 데는요?"

평소와 똑같은 반응이었다. 내 몸을 여기저기 만져대면서 상처가 없는지 확인했다.

"괜찮아. 저런 마인들이 뭉텅이로 덤벼도 다칠 일은 없으니까."

"그건 저도 알지만…… 역시 걱정이 되는걸요……."

그렇게 말하며 한층 더 강하게 내 몸을 끌어안았다.

"아아앗! 너! 그런 부러…… 발칙한 짓을!"

"맞아! 무슨 권리가 있어서 우리의 성녀님을 끌어안는 건데!"

"냉큼 떨어져! 이 자식!"

"너희들! 그만두지 못할까!"

질투에 이성을 잃은 남자들의 외침에 점점 짜증을 느끼고 있자, 병사들이 큰 소리로 고함을 질렀다.

"벼, 병사님…… 하지만!"

"하지만이고 자시고! 이분은 마인들로부터 우리를 구원해 주신 마인 토벌의 영웅 신 월포드 님이시다! 그런 분께 이게 무슨 망발이냐!"

조금 전에 있었던 일 때문인지 병사는 나를 필사적으로 옹호했다.

"마, 마인 토벌의 영웅?!"

"그, 그런…… 저딴 자식이?"

"뭔가 착오가 있는 거 아냐?"

흐음…… 슬슬 화내도 될까?

"제 남편에 대해 함부로 말하지 마세요!"

그러자 나보다 먼저 시실리가 화를 냈다.

아니, 그보다 남편이라니…….

"나, 남편……?"

"세, 세상에……."

"저, 저기…… 사실 아직 남편은 아니지만…… 그래도! 정식 약혼자라구요! 그런 식으로 함부로 말하지 말아 주세요!"

시실리의 선언에 남자 대부분이 절망하는 표정을 지었다.

"꺄아! 멋져! 영웅님과 성녀님의 커플이구나!"

"월포드라면, 그?"

"맞아. 나도 들어본 적 있어! 그 영웅 멀린 월포드 님의 손자분이 알스하이드 왕국에 나타난 마인을 토벌했다는 소문을!"

"아아…… 로맨틱해……. 영웅의 손자와 성녀님의 커플이라니!"

"마치 동화책 속의 이야기 같아!"

하지만 여성들은 반색했다.

"저기…… 슬슬 왕성에 보고하러 가고 싶은데요……."

"신 군…… 그 전에 잠시 괜찮을까요?"

시실리의 안색이 약간 어두워졌다.

"왜? 시실리."

"절 따라와 주세요……."

그렇게 말하는 시실리를 따라가자 그곳에는—.

"……제 힘으로는…… 무리였어요……."

상당히 심한 상처를 입은 남성이 숨을 헐떡이며 누워 있었다.

옆에는 아내나 연인으로 보이는 여성이 앉아 있었다.

그 여성은 시실리를 보자마자 매달렸다.

"시실리님, 부탁이에요! 남편을…… 제 남편을 살려주세요! 뭐든지 할 테니! 제발……."

점점 모기처럼 작아지는 목소리로 시실리에게 애원했다.

"……죄송해요. ……제 힘으로는…… 방법이……."

"그런…… 그럴 수가……."

여성은 힘없이 고개를 숙였다.

시실리는 그 모습을 울 것 같은 얼굴로 바라보았다.

그리고 갑자기 뭔가를 깨달은 듯한 표정으로 전투복을 벗기 시작했다.

"시실리?! 갑자기 왜?"

"이 전투복! 여기에 부여된 치료 마법이라면! 이 사람을 살릴 수 있을지도 몰라요!"

시실리는 그렇게 말하면서 옷을 벗으려 했다.

나는 황급히 그녀를 끌어안고 말렸다.

"바보야! 다른 사람들도 있는데!"

"하지만! 전부…… 늘 전부 신 군에게만 의지하는 건…… 이거라면 저도 할 수 있는 일이잖아요!"

"괜찮아! 얼마든지 의지해!"

그 말을 듣고 겨우 마음을 가라앉힌 시실리는 내 품에 얼굴을 파묻고 흐느꼈다.

"죄송해요……. 도움이 못 돼서 죄송해요……."

"아니야. 전혀 그렇지 않아. 시실리는 정말로 애썼어. 아주 장해."

"아니에요, 전……."

"아니, 네가 치료 마법을 걸어주지 않았다면 이 사람은 내가 도착하기 전에 틀림없이 죽었을 거야. 지금 이 사람이 살아있는 건…… 살 수 있는 건 네 덕분이지."

"그럼……."

"내가 치료할게."

나는 남성에게 매달린 여성에게 잠시 떨어져 있으라고 말을 걸었다.

"부인, 이젠 괜찮아요. 시실리가 치료 마법을 걸어준 덕분에 남편분은 아직 살아 계세요. 이 상태라면…… 죽지만 않았다면 제가 치료할 수 있으니까요."

나는 여성을 안심시키고 치료를 개시했다.

먼저 마취 대용으로 목 아래의 신경을 차단했다.

나는 실제 마취의 원리 같은 건 모르고, 마취약의 구성성분도 몰랐다. 통증이 느껴지지만 않으면 마취나 다를 바 없을 거라는 생각에 이런 방법을 실행에 옮겼다.

마법이 아니면 불가능한 일이겠지만.

그 후에는 가장 위험한 심장 근처의 혈관부터 치료했다.

주위의 세포에서 혈관과 같은 세포를 배양, 증식해서 혈관의 결손부위를 수복했다.

가장 위험한 부분이 끝났으니 다음은 내장.

마찬가지로 주위의 세포에서 배양, 증식, 수복을 반복.

마지막 손상 부위를 수복한 후에는 신경을 다시 연결했다.

내가 할 수 있는 치료는 이걸로 끝이다.

그리고 다시 남성의 상태를 확인했다.

"……응. 호흡이 안정됐어요. 이 상태면 이제 괜찮?!"

괜찮다고 말하려는 순간, 여성이 나에게 몸을 날렸다.

"감사합니다……. 감사합니다……."

여성은 나를 끌어안고 연신 고마워했다.

마인을 격퇴해서 받는 감사보다 사람의 목숨을 구하고 받는 감사가 훨씬 더 기뻤다.

여성이 나에게서 떨어진 후에는 시실리가 안겨들었다.

"고마워요……. 구해줘서…… 정말 고마워요……."

그녀도 나에게 감사의 말을 전했지만, 왠지 자신감을 상실한 것처럼 들리는 약한 목소리였다.

"시실리."

"……예."

"이 사람이 살 수 있었던 건 네 덕분이야."

"그건…… 아니에요……. 전…… 전 아무것도 할 수 없었는데……."

시실리는 내 가슴에 얼굴을 파묻고 오열했다.

그러자…….

"아니에요!"

"부인?"

치료를 마친 남성의 아내가 시실리의 말을 부정했다.

"방금 이 분도 말씀하셨지 않습니까! 시실리 님께서 치료 마법을 걸어주시지 않았다면, 벌써 죽었을 거라고요! 남편이 살아난 건 틀림없이 시실리 님 덕분이에요!"

"부인……."

결국 치료한 건 나였지만, 그때까지 목숨을 붙들고 있었던 건 틀림없는 시실리였다. 여성도 그 사실을 잘 이해하고 있었다.

"아뇨……. 전 당연한 일을 한 것뿐이에요……. 목숨을 건지셔서 정말 다행이에요……."

"감사합니다, 시실리 님. 그리고……."

여성이 내 쪽을 돌아보았다.

"이 사람은 신, 신 월포드. 제 치료 마법의 스승이자, 마인 토벌의 영웅이자, 그리고……."

시실리는 나를 보면서 눈물을 훔치고 방긋 웃었다.

"제…… 미래의 남편이랍니다."

"어머나…… 그럼 우리 남편은 영웅님과 성녀님 부부 덕분에 목숨을 건진 거였군요. 평생 자랑거리가 되겠어요."

여성은 남편이 살았다는 사실에 안도했는지 가벼운 농담까지 했다.

"부인. 남편분을 살리기는 했지만, 치료할 때 상처 주위의 세포…… 살을 많이 모아서 썼어요. 체력이 많이 떨어지셨을 테니 먼저 영양가 있는 걸 잔뜩 먹이고, 몸 상태가 어느 정도 안정되면 운동으로 체력을 회복시키도록 하세요."

"예! 감사합니다!"

주위의 조직에서 세포를 상당히 많이 끌어다 썼으니 근력이 많이 떨어졌으리라.

그래서 난 여성에게 재활운동의 필요성을 강조한 후, 방을 나가기로 했다.

"그럼 저희는 슬슬 왕성에 보고하러 가야 하니……."

"예! 시실리 님, 신 님. 정말로 감사했습니다."

우리는 두 사람을 남기고 방에서 나왔다.

그러자 밖에는…… 어느새 많은 주민이 모여 있었다.

"굉장해……. 시실리 님도 치료하지 못한 환자를 살렸어……."

"정말이냐……. 뭐야 이게……."

"마인을 토벌할 정도로 강하고…… 시실리 님보다 치료 마법도 뛰어나고…… 게다가 시실리 님의 약혼자라고……?"

"어째서야! 어째서 이 세상은 이렇게 불공평한 거야!"

남성들은 일제히 세상의 부조리함을 저주하기 시작했다.

그들의 원념이 무서워!

그리고 여성들은—.

"하아, 영웅님은 역시 굉장하구나."

"영웅님의 아내는 역시 시실리 님 같은 분이 아니면 안 되겠지."

"너무 잘 어울려……. 누가 두 분의 이야기를 글로 써보는 건 어떨까?!"

"그건 안 돼!"

큰일 났다! 이대로 있다간 할아버지와 할머니의 실패를 되풀이할 거야! 여기서 막아야 해!

"야, 신. 슬슬 가자. 언제까지 스이드 폐하를 기다리시게 할 거냐."

"자, 잠깐만! 이것만은! 이것만큼은 반드시 막아야 한다고!"

"안 돼. 이젠 시간이 없어. 가자."

"잠깐! 나한테 시간을!"

토니와 율리우스가 내 팔을 각각 한 쪽씩 붙들고 질질 끌고 갔다.

안 돼! 이런 건 뿌리째 싹을 뽑아야 해!

"훗, 걱정하지 마라. 신."

"오, 오그……."

오그는 필사적인 나를 달랬다.

혹시 네가 막아주려고……?

"이미 알스하이드에서도 똑같은 이야기가 진행 중이니까. 에피소드가 조금만 더 모이면 출판할 거라더군."

"이미 늦었어?!"

거짓말이야! 책이란 게 그렇게 간단히 나올 리가 없잖아!

"포기하는 편이 좋아. 신, 우리 가족도 책이 나오는 걸 기다리고 있거든."

"아, 우리 집돈데~."

"우리 집도!"

"우리 집에서도 기대한다더라."

"죄송합다, 월포드 군. 우리 집도요!"

“월포드 군의 이야기에서는 저희도 등장하니까요. 연구회의 가족들은 다들 고대하고 계실 겁니다.”

뭐?! 팀명으로 흑역사를 만든 것만으로 그치지 않고 책까지?!

“……나, 이젠 집 밖으로 못 나가…….”

“괘, 괜찮아요! 다들 신 군을 호의적으로 보고 계시는걸요!”

“……우리 이야기라는 건, 시실리랑 나 사이에 있었던 일도 세간에 알려진다는 뜻인데?”

“하윽! 그, 그건!”

시실리의 얼굴이 새빨개졌다.

“멀린 님과 멜리다 님처럼 포기해. 대중은 영웅의 이야기를 알고 싶어 하는 법이니까. 이 흐름은 아무도 못 막아.”

“진짜냐…….”

“걱정하지 않아도 내가 책임지고 정확한 정보를 제공하지.”

“역시 너였구나!”

이 자식! 역시 정보 제공자는 내가 왕도에 왔을 때부터 줄곧 함께 있었던 이 자식이었구나!

어떻게든…… 어떻게든 막을 방법이 없는 건가?

“벌써 1권의 초안이 나왔다고 하니 출판까진 앞으로 한 걸음…… 뭐, 이번 일을 전해주면 충분하지 않을까?”

“이미 손 쓸 방법이 없잖아!”

“네 힘으로도 손 쓸 방법이 없는 일이 있기는 하나 보군.”

"너 때문이거든?!"

진짜! 이 자식은 진짜!

"이런, 잡담은 그만 하자. 왕성이다."

"읍! 으으으!"

"알스하이드 왕국의 왕태자 아우구스트 폰 알스하이드다. 스이드 폐하께 보고드릴 게 있다. 안으로 들어가도 괜찮겠나?"

"아아! 이제야 오셨군요! 아우구스트 전하! 폐하께서도 기다리고 계십니다! 어서 안으로!"

"자, 가자. 신."

"두, 두고 보자……."

"악당 같은 대사로군."

즐겁게 웃는 오그가 미워!

아무리 국민들의 목소리에 귀를 기울이는 게 왕족의 의무라지만…… 이런 일은 무시해도 될 텐데!

즐거운 듯이 쿡쿡 웃는 오그의 뒤를 따라 우리는 왕성으로 들어갔다.

조금 전의 절망적인 사건으로 인한 대미지를 회복하지 못한 나는 힘없이 터덜터덜 왕성 안을 걸었다.

"신, 표정 좀 풀어."

"누구 탓인데! 누구 탓!"

"말투가 멜리다 님 같다니까 그러네. 뭐, 네 이야기를 알고 싶어 하는 건 국민들의 바람이기도 해. 그러니 포기하고 얌전히 오락 제공자가 되라고. 인세도 들어올걸?"

"돈은 이제 필요 없어!"

"그렇게 말해봤자 앞으로 방어 마도구 대여료에 통신기 사용료, 그리고 이번 일의 포상금에 인세도 들어올걸?"

"뭐야 그게! 엄청 부러워!"

"그럼 바꿔줄까? 앨리스?"

"응? 아니…… 왕국 전체의 구경거리가 되는 건 좀……."

"역시 구경거리였냐!"

"그보다 마인을 토벌한 영웅이 그런 피곤한 얼굴을 하면 다들 불안해할 거다. 억지로라도 태연한 얼굴을 해."

"내가 피곤해진 원인의 99퍼센트는 너 때문이거든……."

"하하하! 이런, 집무실에 도착한 것 같군."

웃음으로 얼버무렸어!

오그를 추궁하고 싶지만, 정말로 왕의 집무실 앞에 왔으니 애써 자제했다.

안내해주는 병사가 엄청 당황했지…….

그 병사가 문을 노크하자, 안에서 남자의 목소리로 입실 허가가 내려왔다.

방 안에는 새치가 섞인 갈색 머리와 수염을 기른 풍채 좋은 남성이 의자에 앉아 있었고, 그 옆에는 갑옷을 입은 금발 남자와 문관인 듯한 노인이 서 있었다.

"오랜만입니다. 스이드 폐하."

"오오! 아우구스트 전하!"

풍채 좋은 남성이 국왕님이었나 보다. 스이드 왕은 자리에서 일어나 오그의 손을 잡고 감사의 말을 전했다.

"이번에 우리 왕국은 알스하이드 왕국에 참으로 큰 도움을 받았소. 그 통신기로 신속히 구원 요청을 보내지 못했다면…… 그 방어 마도구가 마인들의 공격을 막아주지 못했다면…… 그리고 자네들이 달려와 주지 않았다면…… 지금쯤 이 땅은 잿더미가 되었겠지. 정말로 고맙네!"

"아니요. 마인은 세계의 위협입니다. 이 세계에서 살아가는 자로서 당연한 일을 한 것뿐입니다."

"그래도 하는 말일세. 실제로 우리나라를 지켜준 건 사실이지 않나. 다시 한 번 고맙다는 말을 하겠네. 디세움 폐하에게는 내가 직접 고마움을 전하겠다고 하게나."

"알겠습니다."

스이드 왕과 오그의 대화를 지켜보고 있자 옆에 서 있는 금발 병사? 아니, 기사? 가 입을 열었다.

"그리고 그 방어 마도구를 만든 신 월포드 군은?"

"아, 나…… 아니, 전데요."

"오오, 자네였나! 자네의 마도구 덕분에 우리나라를 지킬 수 있었네. 부하의 피해도 최소한으로 막았다는 보고를 받았지. 정말 고맙네."

감사의 말을 들었다. 하지만…….

"아뇨……. 좀 더 빨리 왔으면 좋았을 텐데요……."

"자네들은 충분히 빨리 와준 걸세. 솔직히 우리의 예상을 뛰어넘을 정도였지. 그 이상을 바라는 건 욕심일 게야."

"……감사합니다."

그런 말을 들었지만…… 역시 죽은 사람은 적지 않았다. 교만하게 들릴지도 모르겠지만, 내 마음에는 아직도 큰 가시가 박혀 있었다.

"시실리 폰 클로드 양은 누군가."

"아, 예! 저예요."

이번에는 문관으로 보이는 노인이 말을 걸었다.

"자네 덕분에 많은 주민이 목숨을 건졌다고 들었네. 정말 고마우이."

"아뇨……. 목숨을 건지지 못한 분도 계신데……."

"모든 사람을 구하는 건 누가 와도 무리였을 걸세. 자네는 본인이 할 수 있는 일을 한 걸세. 그래도 다른 누구보다 많은 주민을 목숨을 구해줬지. 정말로 고마우이. 주민들을 대표해서 이 고마움을 전하고 싶었다네."

그리고 깊이 고개를 숙였다.

"아, 아니에요! 고개를 들어주세요!"

"클로드 양, 나도 마찬가지일세. 고맙네."

"그런! 폐하까지!"

"항간에서는 클로드 양을 성녀라고 부르는 자들도 있다더군요.”

“호오, 그런가?”

“고, 곤란해요…….”

시실리는 자신이 성녀라고 불린다는 사실에 당혹스러워했다.

“허허, 그러고 보니 클로드 양은 월포드 군의 약혼자였지. 남편이 될 사람이 있으니 성녀는 무리겠군.”

“어떻게 그걸?”

문관이 그렇게 말했다. 하지만 외국의, 그것도 평민과의 약혼을 어떻게 알고 있는 거지?

“자네는 자신의 가치를 잘 모르나 보군?”

“예. 이 녀석은 자신이 얼마나 굉장한 인간인지 잘 모르더군요.”

“야, 오그.”

오그까지 동의했다.

그러자 스이드 왕이 이번에는 나에게 말을 걸었다.

“자네에 관한 일은 알스하이드뿐만 아니라 각국이 주시하는 최우선 사항일세. 어떻게 지내는지, 누구와 약혼했는지도. 사실은 내 딸을 시집보내고 싶었건만.”

으헉! 왕족은 참아주세요!

“뭐, 알스하이드 왕의 선언으로 불가능해졌지만.”

“하지만 그건 국내를 향한 선언이었잖아요?”

“마찬가지라네. 아무리 국내를 향한 선언이었다고 해도 그

걸 무시하고 외국에서 결혼 신청을 보냈다간 알스하이드뿐만 아니라 다른 나라들도 가만히 있지 않았겠지."

그랬구나. 내가 모르는 사이에 그런 일이.

"그러니 자네가 약혼했다는 것도 알스하이드 왕국에 있는 대사의 연락으로 알고 있었던 게지. 통신기를 빌려서."

"아, 그랬군요. 어제 약혼 피로연이 끝난 참인데 어떻게 벌써 아시나 싶었어요."

"참 편리한 도구더군. 지금도 몇 개 더 대여할 수 없을지 교섭 중이라네. 물론 대여비와 통신료도 지불하지."

또 돈이 들어오는 건가……. 쓸 데도 없는데…….

"뭐, 그런 식으로 자네들에 관한 일을 알게 된 걸세. 자네들이 억지 중매가 아니라 서로의 마음을 확인한 끝에 약혼식을 올렸다는 것도."

"그, 그러셨나요."

"축하하네. 나도 축복하지."

"감사합니다."

스이드 왕에게도 축하를 받고 말았다.

분위기가 부드러워졌지만…… 여기에 온 건 축하를 받기 위해서가 아니었다.

"스이드 폐하. 말씀 도중에 죄송합니다만, 이번 일로 보고 드릴 게 있습니다."

"보고라면 현장의 병사들에게 받았네만?"

"제가 보고 드리고 싶은 건 마인의 수괴, 올리버 슈투름을 알고 있기에 드리는 정보입니다."

오그가 그렇게 말하자 스이드 왕국의 세 사람이 긴장했다.

"이번 마인 습격은…… 마물을 대동하지 않았더군요."

"그건 들었네만."

"그리고…… 슈투름도 이 습격에 참가하지 않았습니다."

"뭐라고? 수괴가 없었다고?"

한 나라를 침공하는데 수괴가 없었다. 일반인을 상대로는 큰 전력이 되는 마물까지.

그래도 일반인이나 마인과 맞서 싸울 수 없는 사람에게는 위협이었다.

"우리나라는 마인에게 대항할 힘을 손에 넣었습니다만…… 외람되오나 귀국은 무리시겠지요. 그걸 생각하면 이상한 일은 아닙니다만……."

확실히 그것만 놓고 보면 이상한 일은 아니었다.

하지만 오그는 내 얼굴을 슬쩍 보고 난 후 뒷말을 이었다.

"여기에 있는 신은 마인들의 수괴인 슈투름을 궁지로 몰아넣은 적이 있습니다. 제국을 함락시키려고 왕국과 제국을 상대로 온갖 술책을 부린 슈투름이 최대의 위협인 신의 존재를 무시할 까요?"

"듣고 보니……."

"그래서 저와 신은 혹시 양동 작전이 아닐까 하고 급히 알스하이드로 귀환했습니다만…….”

“알스하이드로 귀환?”

아, 게이트…….

“예, 신은 전이 마법을 쓸 수 있습니다. 정해진 장소밖에 드나들 수 없습니다만…….”

“허! 전이 마법이라니!”

“정해진 장소? 아, 알스하이드에 그 전이 지점을 설치한 건가.”

오그는 미묘하게 진실을 왜곡했다. ……아무래도 한 번 가본 곳은 어디든지 갈 수 있다는 건 비밀로 해야겠지.

……지금 여긴 왕의 집무실이기도 하니까.

“예. 그래서 알스하이드를 습격하기 위한 양동이 아닐까 했습니다만…….”

“그대가 여기 있다는 건…… 습격은 없었다는 거겠군.”

그렇다. 이게 가장 이해할 수 없는 점이었다.

확실히 우리가 나서지 않았다면 스이드 왕국은 마인들에게 함락됐으리라.

하지만 과연 그 슈투름이 우리에게 아무런 대비책도 없다고, 나서지 않을 거라고 생각했을까?

그것도 고려해서 양동 작전을 펼쳤던 게 아닐까?

그래서 알스하이드로 일시 귀국했던 거지만…….

“그 결과, 이 단조로운 습격이 마인들이 이번에 한 행동의 전부였습니다. 이게 대체 뭘 의미하는 건지…… 전혀 알 수가 없는 상황입니다."

"다시 말해…… 마인들의 의도를 파악할 수 없다. ……이번 습격을 물리친 것만으로는 안심할 수 없다는 뜻입니까?"

"그 말씀대로입니다. 이걸로 습격이 끝일지도 모르지만, 또 있을지도 모른다는 거지요. 슈투름의 의도를 파악하지 못한 이상, 경계를 풀 수 없습니다."

집무실에 침묵이 찾아왔다.

"앞으로의 일도 포함해서 가능하다면 각 나라와 연합해 공동 전선을 펼치고 싶습니다. 아무쪼록 좋은 대답을……."

"흠…… 이건 한 나라가 끌어안기에는 지나치게 무거운 안건이겠군. 일단 토론이 필요하겠네만, 우리 스이드는 그 연합에 참가할 거라고 생각해주게."

"감사합니다."

스이드 왕은 협력을 약속했다.

앞으로 다른 나라들과도 협의가 필요하리라.

모두가 일치단결한다면 슈투름의 야망도 분쇄할 수 있으리라.

나도 열심히 해야겠군…….

"가까운 시일 내에 각국의 정상회담을 열까 합니다. 일정이 정해지는 즉시 연락드리겠습니다. 아무쪼록 잘 부탁드립니다."

"알았네. 연락을 기다리지."

"보고는 이상입니다. 그럼 저희는 이만 실례하겠습니다."

"실질적인 도움뿐만 아니라 귀중한 정보를 줘서 고맙군. 우리도 통신기로 정기적으로 보고를 하겠네. 음, 역시 편리하군. 디세움 폐하에게도 잘 말씀드리도록."

"알겠습니다."

우리는 그렇게 집무실을 뒤로했다.

"왠지…… 일이 엄청 커진 것 같지 않나요?"

조금 전의 대화로 불안해졌는지 마리아가 그렇게 중얼거렸다.

무리도 아니었다. 슈투름의 의도를 파악하지 못한 이상, 온갖 가능성을 시야에 넣고 움직일 수밖에 없으니까.

그러니 조금 전에 오그가 말한 연합을 결성하는 게 가장 좋은 방법일 것이다.

세계 연합이라…… 진짜 일이 엄청 커지긴 했네.

"그것도 포함해서 알스하이드에 귀환한 후에 협의가 있을 거다. 신, 부탁하마."

"……응."

게이트…… 맞지?

장난이나 치고 있을 상황이 아니니 문제없겠지.

난 평소처럼 알스하이드에 있는 경비병 대기소에 게이트를 열고 안으로 들어갔다.

그러자—.

"오오! 돌아오셨다!"

"어서 오십시오! 얼티밋 매지션즈!"

"어서 오세요!"

대기 중인 경비병들이 일제히 박수를 보냈다.

"와! 깜짝이야!"

앨리스가 놀랐지만, 그건 나도 마찬가지였다. 왜 이렇게 사람들이 많이 모여 있는 거지?

"어서 오십시오, 전하. 폐하께서 기다리고 계십니다."

"그래, 알았다. 그보다 이건 또 무슨 일이지?"

"조금 전에 전하께 스이드 왕국에 출현한 마인들을 격퇴했다는 보고를 받고 시간이 비는 사람들이 여러분을 마중하기 위해 모인 겁니다."

"……그런가."

"국민들에게도 전달했으니 지금쯤 왕도 전체가 꽤 소란스러워졌겠지요. 전하의 취임식도 있었으니 한 며칠간은 가라앉지 않을 겁니다."

그렇군. 스이드 왕국에서 마인을 토벌했다는 소식이 벌써 퍼진 건가.

"모두가 얼티밋 매지션즈의 활약에 들떠 있는 겁니다!"

그 팀명과 함께…….

"한동안은 축제 분위기겠군. 어쩔 수 없지. 팀명도 무사히 정착한 것 같아서 다행이군."

"예. 이 미래가 보이지 않은 상황에서 여러분의 활약…… 아마 서훈이 있지 않을까요?"

"어? 서훈? 우리가?!"

"이거 또 일이 커졌네~."

그야 그렇겠지. 난 마인을 하나 토벌한 것만으로도 훈장을 받았다. 이번에는 몇 체나 해치웠더라? 게다가 한 나라를 위기에서 구하기까지 했으니 훈장을 받지 않을 리가 없었다.

이미 훈장을 받아본 경험이 있는 나는 일행들보다는 마음이 편했다.

"그 이야기는 나중에. 지금은 먼저 협의해야 할 사안이 있다. 다들, 가자."

"""예!"""

오그의 호령에 우리는 왕성으로 들어갔다.

왕성 안에서 스쳐 지나가는 사람들도 축하하는 말과 함께 박수를 보냈다.

"굉장하잖아! 얼티밋 매지션즈!"

"훌륭하십니다, 전하! 얼티밋 매지션즈!"

"얼티밋 매지션즈!"

저마다 그 팀명을 외치면서…….

"……제발 그만……."

"시, 신 군! 정신 차리세요!"

"내버려 둬, 클로드. 조만간 익숙해질 테니."

익숙해……질까?

그런 날은 영원히 안 올 것 같은데…….

디스 아저씨와 만나기 전부터 정신력이 바닥나고 말았다.

지금 디스 아저씨는 알현실이 아니라 회의실에 있다고 한다.

보고를 듣는 김에 우리 팀 전원의 이야기도 듣고 싶다는 모양이다.

먼저 보고를 하러 갔던 병사가 그렇게 말해주었다.

"우리도 보고 드리러 가야 하는 건가……."

"마인 집단과 대치했던 건 우리뿐이니까. 내가 주로 할 테니 너희는 몇 마디 정도만 거들어주면 될 거다."

"아, 그렇군요."

회의실 앞에 도착하자 병사가 문을 열었다.

"아우구스트 님!"

"오라버니!"

회의실 안에는 디스 아저씨를 비롯한 알스하이드의 중진들이 모여 있었다.

그중에는 어째선지 에리와 메이도 있었다.

두 사람은 우리가 회의실에 들어가자마자 오그에게 달려왔다.

메이는 마법의 재능을 개화한 뒤라 신체 능력을 강화할

수 있어서 에리보다 먼저 오그의 앞에 도달했다.

하지만 바로 그 후—.

"오라버니!"

"아우구스트 님!"

"우웁!"

"너희들이 왜 여기 있는 거지? 여긴 너희가 있을 곳이 아니잖아."

"어머! 사랑하는 약혼자를 걱정하는 게 그렇게 잘못된 일인가요?"

"그런 뜻이 아니라…… 아무튼 여긴 회의실이다. 일반인이 들어와 있어도 될 곳이 아니야."

"……걱정했다구요. ……아우구스트 님이 스이드 왕국의 마인을 격퇴했다는 소식을 들었을 때부터 도저히 가만히 있을 수가 없어서……."

"내가 허락했다. 많이 걱정하더군. 그보다……."

"왜 그러시죠? 아바마마."

"어째 메이가 축 늘어진 것 같다만."

"예? 아앗! 메이!"

"……몰랐던 거냐?"

메이가 오그의 품에 안긴 직후 에리가 오그를 와락 끌어안았다.

그러자 당연히 메이는 두 사람 사이에서 샌드위치가 될

수밖에 없었다.

"메이! 정신차리렴!"

"에……."

"에?"

"에리 언니의 가슴은…… 흉기……."

메이는 그 말을 남긴 채 완전히 의식을 잃었다.

"잠깐! 그런 이상한 말을 남기고 기절하면 어떡해! 메이?! 메이!"

에리는 메이를 흔들어서 깨우려 했다.

흉기라니…… 드레스 위라 잘 모르겠는데, 그 정도로 엄청난 거야?

"이런 상황에서도 떠들썩하군."

"어쩌겠어. 이게 우리 팀인걸."

도저히 감동적인 장면이라곤 볼 수 없었지만…… 우리답다면 우리다웠다.

"이제 말해도 되나?"

"기다리시게 해서 죄송합니다, 아바마마. 누가 두 사람을 밖으로."

"""예!"""

"예? 잠시만요! 재회는 이걸로 끝이에요?!"

"나중에 갈 테니까 방에서 기다려."

"잠까아안……."

문이 소리를 내며 닫혔다.

회의실의 반응은 고개를 설레설레 젓는 우리와—.

"……방금 코랄 공작가의 엘리자베트 님이었지?"

"계속 같이 기다렸는데 무슨."

"아니…… 저런 엘리자베트 님은 처음 봐서……."

"하긴……."

조금 전의 대화에 당혹스러워하는 중진들로 갈라졌다.

"후후. 아우구스트도 그렇고, 메이도 그렇고, 엘리자베트도 그렇고 신 군이 관여하면 다들 활기가 넘치는군. 좋은 일이다."

"그보다 아바마마, 이번 보고 말입니다만."

"……조금만 더 부자지간다운 대화를 나눠 보고 싶다만……"

"그건 나중에 하죠. 그럼 이번 스이드 왕국 마인 습격 사건과 격퇴에 관한 보고입니다."

오그는 시무룩해진 디스 아저씨를 무시하고 보고를 시작했다.

……오그, 나중에 꼭 위로해줘라.

그리고 스이드 왕에게 했던 것과 같은 보고를 마치고 앞으로 어떻게 할지에 관한 토론을 시작했다.

"그런가. 스이드 왕국은 연합에 참가 의사를 밝혔나."

"예. 그밖에도 제국과 인접한 나라들은 협력해줄 겁니다. 문제는……."

“엘스 자유 상업 연맹과 이스 신성국인가…….”

엘스는 전에 화제로 언급됐던 상인이 다스리는 나라였고, 이스 신성국은 이 세계의 유일한 종교인 창신교의 총본산이었다.

창신교는 이 세계를 창조했다는 창조신을 믿고 선행을 쌓으면 사후 창조신의 곁으로 갈 수 있다는 가르침을 가진 종교였다.

참고로 이 신에게는 이름이 없었다.

어느 나라나 도시에도 교회가 있었고 제례의식은 전부 그들의 소관이었다.

이스라는 건 과거에 존재한 성직자의 이름이며, 수백 년 전에 평민들을 괴롭힌 제국 같은 나라에서 민중을 압정으로부터 해방하기 위해 분투하다 결국 처형당한 인물이라고 한다.

그 이스의 처형 후에 남겨진 주민들이 전부 들고일어나서 국가를 전복. 훗날 세워진 나라는 이스를 건국의 아버지로 내세웠으며 주도권을 잡은 창신교가 교황을 국가원수로 세우고 현재까지 이르렀다고 한다.

그 두 나라와 알스하이드와 제국을 합쳐서 4대 대국이라고 부른다.

제국이 사라졌으니 지금은 3대 대국이겠지만.

그리고 아무래도 대국이라 불릴 정도이다 보니…….

“서로 주도권을 잡으려 들겠군…….”

"아마 그렇게 될 겁니다."

"나 원 참…… 인류가 손을 잡고 협력해야 할 시기에……."

"그들에 대한 대응은 내가 맡겠다."

"전하?"

중진들이 앞으로 벌어질 주도권 쟁탈전을 예상하고 한탄하자, 오그가 자신이 엘스와 이스를 상대로 교섭하겠다는 의사를 밝혔다.

"나는 얼티밋 매지션즈의 멤버이기도 하니까 말이지. 교섭의 주도권을 잡기도 편하겠지."

"……그렇군. 아우구스트, 맡겨도 되겠느냐?"

"예. 인류 존속을 위해 교섭을 성공으로 이끌겠습니다."

"좋다. 그럼 엘스와 이스에 사자를 보내라. 가까운 시일 내에 연합에 관한 토론 자리를 열겠다고."

"예!"

"그럼 저희는 이만 실례하겠습니다."

"그래, 그렇게 하라. 다른 자들도 마인을 토벌하자마자 불러내서 미안하구나. 편히 쉬도록."

""예! 감사하옵니다!""

그렇게 대답한 후 회의실을 나왔다.

"하아아…… 긴장했어……."

"우리나라의 중진들이 잔뜩 있었지. 긴장해서 혀를 깨물

지나 않을까 엄청 걱정했지 뭐야."

회의실에서 나오자, 마리아와 앨리스가 겨우 긴장에서 해방됐는지 한숨을 내쉬었다.

"그렇다곤 해도 보고를 한 건 거의 전하뿐이었지만."

"그래도 저 자리에 있었던 것만으로 긴장됐습니다."

토니와 마크는 자신들이 굳이 입을 열 필요가 없었다는 사실에 안도했고—.

"난…… 평범한 식당의 딸인데 왜 저 자리에 있었던 걸까?"

"이제 와서 할 말은 아니지만, 현실감이 없는 상황이었어~."

올리비아와 유리는 그 자리에 있었다는 사실 자체가 신기한 모양이었다.

"이걸로 오늘은 끝인가……. 도시 쪽은 상당히 소란스러운 모양인데 뭐, 아바마마라면 퍼레이드를 할 셈이실지도 모르겠군."

"퍼레이드?!"

"잠깐만요! 그런 건 참아주세요!"

"그렇게 말해봤자 우리 얼티밋 매지션즈는 그만한 공로를 세웠으니까. 국민들의 요청이 있다면 거절하진 않으실 거다."

팀으로서 활약…… 그건…….

"또 다들 우리 팀명을 불러대겠군……."

"계속 듣다 보면 어느 순간 마비되겠지. 좋은 기회잖아."

"익숙해지기 전에 수치심 때문에 죽을지도……."

"그, 그래도 다들 기뻐하시니까 이상한 이름은 아닐 거예요!"

"……고마워. 역시 시실리는 다정하구나……."

"아으…… 에헤헤."

황량해진 내 마음을 치유해준 시실리의 머리를 쓰다듬어 주었다.

하아…… 조금 진정됐다.

"젠장…… 이 바보 커플 좀 보게! 때와 장소를 안 가리고 노닥대기는……."

……마리아가 날리는 원념 섞인 시선이 따가워!

"저, 저기! 이번 일로 마리아도 유명해질지 모르니까 좋은 만남이 있을 거야!"

"……유명해진 후에 만나는 놈 중에 제대로 된 인간이 있을까?"

"어, 없으려나?"

"하아…… 나도 남친 가지고 싶다……."

"난 됐어. 마법이 연인이니까."

"그야 린은 그렇겠지~. 시실리랑 올리비아가 좀 부러울지도~."

마리아에 이어서 앨리스도 남자친구가 갖고 싶다는 발언을 했다.

린은 예상대로였고.

유리는 어떨까? 지금은 솔로인 것 같던데.

다들 귀여운데 말야. 좋은 만남이 없었던 걸까?

그런 여성진의 푸념을 들으면서 오그의 방 앞에 도착했다.

그러고 보니 오그의 방에 들어가는 건 처음이었다.

"여기가 내 방이다. 뭐, 편히 있다 가도록. 이봐! 들어간다!"

『예~!』

메이의 목소리가 들렸다. 회의실을 나간 후에 오그의 방에서 기다린 모양이다.

그리고 안으로 들어가자 에리와 메이가 우리를 맞이했다.

"어서 오세요, 아우구스트 님."

"어서 오세요! 오라버니!"

오, 이번에는 뛰어오지 않네. 조금 전의 일로 학습한 걸까?

"설마 쫓겨날 줄은 몰랐어요."

"전 어느새 오라버니의 침대에서 자고 있었어요!"

"으…… 그건 몇 번이나 사과했잖니……."

"에리 언니, 오라버니가 무사해서 기뻤셨던 거죠? 그러니까 신경 쓰지 마세요."

"고, 고마워……."

"하지만 에리 언니의 가슴은 흉기예요! 위험해요!"

"그러니까! 이상한 소리 좀 하지 말래두!"

"확실히…… 에리의 가슴은 흉기……."

"위험해. 뜯을까?"

"그런 무서운 소리도 하지 마세요!"

에리도 우리 여성진과 친해졌다. 같이 온천에 들어간 사이라 그런가?

"저쪽은 내버려 두고 우린 중요한 이야기를 하자."

"잠깐만요, 아우구스트 님! 방치는 너무해요!"

"아, 이 녀석들이 간 후에 하자. 에리도 남들이 보는 앞에서는 부끄럽잖아?"

"……하, 하긴 그러네요!"

남들이 보는 앞에서는 부끄럽다니, 대체 무슨 짓을 하려고…….

"말해두지만 너희가 상상할 법한 일은 안 해. 남들 앞에서 대놓고 러브러브한 건 너희들뿐이다."

"아으……."

"우리가 그렇게 러브러브했었나?"

사귀는 사이라면 이 정도는 보통이잖아?

"……그 정도가 러브러브한 게…… 아니라고?!"

"두렵네요……."

"역시 모자이크가 필요하겠어!"

우째서?

"여기에도 리얼충이…… 하지만 로열 리얼충…… 큭! 아무 말도 못 하겠어!"

마리아의 어둠이 깊어 보였다.

"그보다 중요한 이야기라는 건?"

"아, 신에게 부탁할 게 좀 있어서."

흐응. 그건 혹시…….

"그런가. 나도 부탁하고 싶은 게 있었는데."

"호오? 그건……."

""각국을 순회하자.""

나와 오그의 목소리가 동시에 겹쳤다.

"……겠지?"

"잘 아네."

"내 부탁도 그거였어. 그때 나도 동행하고 싶군."

"사전 교섭……?"

"맞아."

일단 다음 목표가 정해졌다.

합숙은 일시적으로 중단하고 비상시에 게이트로 급행할 수 있도록 각국을 순회해보자.

통신기는 거의 다 받은 모양이니, 마인이 출현했다는 보고가 들어오면 바로 달려갈 수 있도록 조치를 해두고 싶었다.

오늘 같은 후회는…… 더는 하고 싶지 않으니까!

"……서로 말로 하지 않아도 마음이 통해……. 역시 수상하네요……."

그러니까! 대체 왜 그렇게 되는 거냐고!

◆

"수고했다, 로렌스. 그건 그렇고 신 월포드의 실력은 어땠지?"

제스트는 이탈한 마인 집단에서 빠져나와 옛 제도로 온 로렌스에게 조사 결과를 재촉했다.

그러자 로렌스는 떨떠름한 표정을 지었다.

"왜 그러지? 무슨 일이 있었나?"

제스트가 그렇게 묻자, 로렌스는 자신이 직접 본 광경을 설명하기 시작했다.

"약점이…… 있기는 할까요?"

"뭐?"

"그 신 월포드의 힘은 명백히 이질적이었습니다. 슈투름 님을 궁지에 몰아넣었다는 것도 납득이 갈 만한 힘이더군요."

"그게 무슨 뜻이지?"

슈투름이 경계하는 인간. 상당한 실력자라는 건 예상했지만, 로렌스의 반응을 보아하니 아무래도 고작 그 정도가 아니었던 모양이다.

로렌스는 공포를 느끼고 있었다.

제스트는 마인이 된 후로 그런 종류의 감정이 많이 희박해졌을 텐데도 뿌리 깊은 공포를 심어버린 신 월포드의 평가를 상향 수정해야 한다고 직감했다.

"그자는 위험합니다. 정면에서 맞붙을 수 있는 건 슈투름 님뿐이에요. 우리 같은 건 속수무책으로 당할 겁니다. 손을 대선 안 되는 상대예요."

아무리 공포를 느꼈다지만, 로렌스가 이렇게까지 평가하다니…….

제스트는 신에게 손을 댈지, 정말로 목표로 설정해야 할지 망설이기 시작했다.

"본인에게 약점이 없다면…… 주변에 약점이 될 만한 인물은 없었나?"

직접 손을 쓸 수 없다면 우회적인 방법을 쓰는 수밖에 없으리라.

하지만—.

"다른 인간들도 비슷한 느낌이었습니다. 인류의 평균을 크게 벗어났더군요."

그 팀의 누군가를 인질로 삼는 건 아무래도 무리인 모양이었다.

"이건…… 그자의 주위를 조금 조사해볼 필요가 있을 것 같군."

알스하이드에서 잠입 조사를 시행하겠다는 의미였다.

이탈한 마인들 사이에 껴서 행동을 유도하는 역할인 로렌스는 안도의 한숨을 내쉬었다.

"뭘 안심하는 거지? 넌 정기적으로 여기까지 와서 보고를 해야 한다만?"

하지만 안심할 때가 아니었다.

제스트의 비정한 명령에 로렌스는 어깨를 축 늘어트렸다.

"그건 그렇고…… 신 월포드라……."

자신들이 주인으로 섬기는 인물과 동등한 힘을 가진 인간.

주인이 목표로 삼을 만한 존재가 있다는 사실에 감사해야 좋을까.

아니면 그 비상식적인 강함에 한탄해야 좋을까.

제스트는 복잡한 심경으로 힘없이 방을 나가는 로렌스의 뒷모습을 바라보았다.

〈계속〉

■작가 후기

각본 없는 드라마.

솔직히 이거에는 못 당하겠더군요.

사실 얼마 전에 태어나서 처음으로 모터사이클의 최고봉 레이스인 MotoGP 일본 GP를 관전하러 갔습니다만…… 이거 참, 예선부터 임기응변의 드라마가 펼쳐지나 싶더니 결국 결승에서 전부 뒤집어지는 터무니없는 광경을 목격했습니다.

서킷의 관중석에서 언젠가 저도 이런 식으로 다른 사람들이 감동할 수 있는 이야기를 쓰고 싶다는 생각을 한 요시오카입니다.

이번에도 『현자의 손자』를 구입해주셔서 감사합니다. 1년 전까지 재미있는 이야기를 쓰고 싶다는 생각은 눈곱만큼도 해본 적이 없었는데, 이렇게 실제로 이야기를 쓰게 된 후로는 항상 재미있는 이야기를 쓰고 싶다는 생각만 하고 있습니다. 참 타산적이지요.

그런데 2권이 나온 후에는 깊이 생각할 틈을 주지 않으려는지 인터넷 연재 외에도 여기저기에 글을 쓰게 됐습니다. 덕분에 고민할 시간이 없네요.

뭐, 기세도 중요하죠. 저는 너무 깊이 생각하면 멈춰버리는 타입의 인간이라 고민하지 않는 편이 더 좋을지도 모르겠습니다.

하지만 요즘은 언젠가 「전부 계산대로였습니다」라는 말도 한 번 해보고 싶더군요.

이번에 이런저런 마감 일정을 정해주신 담당자님. 2주 만에 가필 백 페이지는 진짜, 힘들었습니다. 아니, 진심으로요.

키쿠치 씨의 그림에는 이번에도 놀랐습니다. 제스트, 중후해! 변함없이 키쿠치 씨가 그리는 아저씨들이 제 취향에는 스트라이크입니다.

그리고 이 책을 구입해주신 여러분. 여러분 덕분에 전 아무리 힘들어도 힘을 낼 수가 있습니다.

마지막으로 항상 인터넷상에서 응원해주신 여러분께 최고로 감사하는 마음을 담아.

정말 감사합니다.

그럼 또 만나 뵐 수 있기를…….

요시오카 츠요시

왠지
현자의 손자에는
안경 캐릭터가
많은 듯한 기분이
드네요….
벌써 세 명이나
있으니
더 늘어날 것
같지는
않습니다만
(°□°) 손—자—
키쿠치 세이지

■역자 후기

이번 권은 왠지 극과 극 같은 전개였습니다.

첫 여자친구이자 약혼자가 생긴 덕분에 행복의 극치에 오른 신과, 소중한 백성들에게 배신당해서 사랑하는 가족을 잃고 절망의 나락에 빠진 슈투름. 이렇게 후기를 쓰고 있자니 약간 씁쓸한 기분이 드는 건 어쩔 수 없네요.

사실 슈투름이 처음에 등장했을 때만 해도 이런 중요한 인물이 될 줄은 예상하지 못했습니다. 처음부터 주인공에게 패배하질 않나, 그리고 보통 이런 음흉한 존댓말 캐릭터는 기껏해야 최종 보스 밑의 사천왕 수준일 거라고 예상했었거든요. 그런데 사실은 거의 최종 보스 포지션…… 그것도 주인공과 본격적으로 붙어보기 전에 이미 목적을 달성하고 현자 타임에 빠진 보스라니…… 사실 신보다는 슈투름 쪽이 더 파격적인 캐릭터가 아닐까 싶습니다.

그리고 오랜만의 건ㅇ라 코너.

얼마 전에 이런저런 사정으로 초등학교 시절부터의 친구

에게 취미 겸 프라모델 조립을 권해봤습니다. 딱히 취미 동료를 만들고 싶었던 것 아닙니다만, 어릴 때는 자주 같이 만들었던 적이 있는 친구라 본인도 은근히 관심을 내비치더니 결국 몇 달 만에 무거운 엉덩이를 들고 동네 모형점에 다녀왔더군요. 그리고 결과는…… 저와 완전히 반응이 똑같더군요. 추억 보정 따윈 압도적인 기술력 앞에 파괴당했는지 조립 중간 과정, 완성 후의 사진을 연신 올리면서 세상에, 맙소사, 미ㅇ 거 아냐? 하고 감탄이 끊이지 않더랍니다. 응, 이해해. 나도 그랬거든. 본인도 이런 곳에서까지 진한 세월의 흐름을 느낄 줄은 몰랐겠지요. 그리고 요즘은 심심할 때마다 훌쩍 나가서 프라모델을 사오는 취미인이 되었습니다. 아무래도 지금 일본에 살고 있어선지 접근성이 좋은 건 참 부럽네요……. 사실 저도 마지막으로 조립한 게 몇 달 전이다 보니 요즘 손이 근질거려서 참을 수가 없습니다. 으으음…… 이런 의도로 추천한 건 아니었는데 말이지요.

그럼 이만 짧은 후기를 마치며 빠른 시일 내에 다음 권에서 뵐 수 있기를 바랍니다.

현자의 손자 3
사상 최강의 마법사 집단

초판 1쇄 발행 2017년 11월 10일

지은이_ Tsuyoshi Yoshioka
일러스트_ Seiji Kikuchi
옮긴이_ 최승원

발행인_ 신현호
편집국장_ 김은주
편집진행_ 최은진 · 김기준 · 김승신 · 원현선 · 김솔함 · 권세라
편집디자인_ 양우연
국제업무_ 정아라 · 고금비
관리 · 영업_ 김민원 · 이주형 · 조인희

펴낸곳_ (주)디앤씨미디어
등록_ 2002년 4월 25일 제20-260호
주소_ 서울시 구로구 디지털로 26길 111 JnK디지털타워 503호
전화_ 02-333-2513(대표)
팩시밀리_ 02-333-2514
이메일_ lnovelpiya@naver.com
L노벨 공식 카페_ http://cafe.naver.com/lnovel11

ISBN 979-11-278-4294-9 04830
ISBN 979-11-278-3969-7 (세트)

값 6,800원

세븐캐스트의 히키코모리 마술왕 1권

미사키 카츠미 지음 | mmu 일러스트 | 송재희 옮김

마술이 개념화하여 물리 법칙을 능가한 신생 마법세계.
이곳 마도에는 마술 결사 「세븐캐스트」가 최강이라는 이름하에 군림하고 있었다—.
"그저 빈둥거리면서 살고 싶어……."
마술학원에 다니는 브란은 마술로 만든 분신에게
출석을 대행시키는 등교거부 학생.
다만 전학생인 왕녀 듀셀하고는 같은 히키코모리 기질 때문인지
묘하게 가까워지고?!
그러나 듀셀의 정체는 전투에 특화된 루브르 왕국의 국가마술사였다—.
"그럴 수가, 나보다 고위 마술사라니."
"상대가 안 좋았네— 내가 「세븐캐스트」의 위자드 로드야."
일곱 섀도를 원격 조작으로 사역하여 세계 질서를 뒤엎어라?!

히키코모리야말로 최강—
문외불출 신세기 마술배틀 판타지!!

NOVEL